Diário de um velho louco

JUN'ICHIRO TANIZAKI

Diário de um velho louco

Tradução do japonês
Leiko Gotoda

3ª edição

Estação Liberdade

Título original: *Futen rojin nikki* / 瘋癲老人日記
© Emiko Kanze, 1961-62, pelo espólio Jun'ichiro Tanizaki, que se reserva todos os direitos
© Estação Liberdade, 2002, para esta tradução

Revisão	Sylmara Beletti e Vivian Miwa Matsushita
Assistência editorial	Diogo Kaupatez
Composição	Pedro Barros / Estação Liberdade
Capa	Wildiney Di Masi / Estação Liberdade
Ilustração da capa	Toyohara Kunichika (1835-1900), *O ator Ichikawa Sadanji I como Wada no Shimobe Busuke*, da peça *Vingança em Igagoe*, xilogravura, maio de 1873
Editor	Angel Bojadsen

CIP-BRASIL. CATALOGAÇÃO NA PUBLICAÇÃO
SINDICATO NACIONAL DOS EDITORES DE LIVROS, RJ

T17d

Tanizaki, Jun'ichiro, 1886-1965
    Diário de um velho louco / Jun'ichiro Tanizaki ; tradução Leiko Gotoda. - São Paulo : Estação Liberdade, 2016.
    208 p. ; 21 cm.

Tradução de: Futen rojin nikki
ISBN 978-85-7448-059-6

1. Romance japonês. 2. Literatura japonesa - Período Meiji, 1868-1912. I. Gotoda, Leiko. II. Título.

16-34870   CDD: 895.423
                CDU: 821.521-3

22/07/2016   25/07/2016

Todos os direitos reservados à Editora Estação Liberdade. Nenhuma parte da obra pode ser reproduzida, adaptada, multiplicada ou divulgada de nenhuma forma (em particular por meios de reprografia ou processos digitais) sem autorização expressa da editora, e em virtude da legislação em vigor.

Esta publicação segue as normas do Acordo Ortográfico da Língua Portuguesa, Decreto nº 6.583, de 29 de setembro de 2008.

EDITORA ESTAÇÃO LIBERDADE LTDA.
Rua Dona Elisa, 116 | Barra Funda
01155-030 | São Paulo-SP | Tel.: (11) 3660 3180
www.estacaoliberdade.com.br

瘋癲老人日記

Capítulo 1

16 DE JUNHO

Assisto a uma função noturna no teatro Dai-ichi, em Shinjuku. Apresentavam as peças *Além do amor e do ódio*, *Histórias de Hikoichi* e *As peripécias de Sukeroku na zona do meretrício*. Apenas a última me interessa, não assisto às demais. Sei que o ator Kan'ya deixa a desejar no papel de Sukeroku, mas quando eu soube que Tosshou interpretaria a prostituta Agemaki, fiquei imaginando sua beleza nesse papel feminino. Não foi portanto o personagem central Sukeroku que me atraiu, mas o da prostituta Agemaki. Satsuko e minha velha me acompanharam. Jokichi também se juntou a nós, vindo da empresa depois do expediente. No grupo, apenas eu e a minha velha já tínhamos assistido a esta peça anteriormente. Satsuko, nunca. Minha velha acha que chegou a ver o famoso Danjuro interpretando o personagem Sukeroku, mas não guarda nenhuma lembrança desse espetáculo. Recorda-se apenas de uma ou duas interpretações do ator Uzaemon — não o atual, mas o antecessor do seu antecessor — nesse papel. O único que se lembra claramente de

Danjuro representando Sukeroku sou eu. Estávamos no ano de 1897, e eu devia ter treze ou catorze anos. Essa foi a última apresentação de Danjuro no papel de Sukeroku, ele morreria em 1903. Na ocasião, o papel de Agemaki foi defendido pelo antecessor do atual Utaemon, à época ainda se apresentando como Fukusuke. Aliás, o pai deste, o ator Shikan, fazia Ikyu, o personagem que, na peça, tenta roubar o amor de Agemaki. Nessa época, eu morava na rua do Esgoto, em Honjo, e ainda me lembro dos cartazes xilográficos coloridos apresentando Sukeroku, Agemaki e Ikyu, pregados lado a lado na parede frontal da loja — e agora, qual era mesmo o nome da loja?... —, por sinal muito conhecida, especializada em livros ilustrados.

Quando Uzaemon interpretou Sukeroku, o antecessor do atual Chusha representou o papel de Ikyu, e Fukusuke — creio que nessa época ele já atuava com o nome Utaemon — fez Agemaki. Era um dia frio de inverno, e o ator Uzaemon, tiritando com febre de 40º, mergulhou apesar de tudo na barrica cheia de água, conforme exigia o papel. Para interpretar Monbei, tinham contratado especialmente o ator Nakamura Kangoro, do grupo teatral Miyato-za, de Asakusa, interpretação essa que me ficou admiravelmente gravada na memória. Sou realmente um aficionado de Sukeroku, de modo que, mal ouço dizer que levam a peça nalgum lugar, logo me vem a vontade de assisti-la, sobretudo se tenho a sorte de apreciar o desempenho de Tosshou, meu ator predileto, e a despeito do inconveniente de ser de Kan'ya o papel principal.

Conforme previ, Kan'ya fazendo Sukeroku não convence, mesmo dando-lhe o desconto de estar estreando nesse papel. Modernamente, não só Kan'ya como todos os atores que interpretam Sukeroku escondem as pernas em *leggings* brancos, sobre os quais não raro se formam inoportunas pregas. Esse tipo de acidente é capaz de me estragar o prazer por completo. Considero imprescindível que os atores trabalhem com as pernas pintadas de branco.

Tosshou no papel de Agemaki satisfez plenamente. Só por isso já valeu a pena. Não sei das interpretações da época em que Utaemon ainda se chamava Fukusuke, mas não vi nenhuma Agemaki mais bela em tempos recentes. Estritamente falando, não tenho vocação para pederasta, mas nos últimos tempos venho sentindo uma estranha atração sexual por atores do teatro Kabuki interpretando mocinhas. A atração não se manifesta se vejo o ator sem maquiagem: ele tem de estar travestido de mulher, do mesmo jeito que se apresenta no palco. E isso me faz lembrar certo incidente que talvez não me permita afirmar categoricamente não ter vocação para pederasta.

Tive em minha juventude uma única experiência incomum. Naqueles velhos tempos, havia um ator adolescente de nome Chidori Wakayama. Era da nova escola teatral Shinpa e interpretava papéis femininos. Integrava o grupo de Chonosuke Yamazaki, e costumava apresentar-se na casa de espetáculos Masago-za, em Nakazu. Anos mais tarde, já maduro, passou a se exibir na casa Miyato-za, sempre contracenando com o antecessor do atual Arashi Yoshisaburo, aquele que se parecia muito com o famoso Rokudai. Maduro é apenas um modo de falar, pois ele mal tinha trinta anos e continuava maravilhosamente belo: quem o visse imaginava estar na presença de uma mulher de uns vinte e poucos anos, dificilmente perceberia tratar-se de um homem. E quando interpretou o papel da mocinha na peça *Natsukosode — Um quimono de verão*, de Koyo Sanjin, senti-me totalmente enfeitiçado por ela — ou melhor, por ele. Eu queria a todo custo tê-lo por uma noite em meu aposento travestido de mulher, do jeito como o vira no palco, e dormir com ele nem que fosse apenas por um breve momento. Quando me ouviu falar desse meu desejo, certa proprietária de uma casa de gueixas me disse que o realizaria para mim, se isso era o que eu queria de verdade. Então, muito inesperadamente, vi meu sonho concretizar-se e fui para a cama com ele, não notando nenhuma diferença no ato quando comparado aos normais que eu costumeiramente praticava com gueixas. Em outras palavras, em momento algum ele deu a perceber que era homem, foi mulher até o fim. É verdade que não removeu a peruca ao se deitar e, também, que não despiu as roupas de baixo, permanecendo o tempo todo sob as cobertas num quarto às escuras, mas ele dominava uma técnica incomum, disso não tenho dúvida, e me proporcionou uma estranha experiência. Saliento aqui que o ator não era o que se convencionou chamar de hermafrodita: pelo contrário, possuía um respeitável órgão masculino, mas não me deixou percebê-lo ao se valer dessa técnica incomum.

Extraordinária como fosse a técnica, contudo, nunca tive real queda por esse tipo de relação, de modo que não voltei a me envolver com homens depois dessa única experiência que visou satisfazer-me a curiosidade. E então, por que haveria eu, hoje, aos setenta e sete anos de idade e com perda total de tais funções, de me sentir atraído não por um exemplar do belo sexo em trajes masculinos, mas por um formoso adolescente travestido de mulher? Reminiscências do ator Chidori Wakayama despertando a esta altura? Não me parece. Penso, antes, que o fenômeno tem a ver com a sexualidade de um velho impotente — pois alguma sexualidade existe, mesmo num velho impotente.

Dói-me a mão. Por hoje basta.

17 DE JUNHO

Retomo as considerações de ontem. Apesar de estarmos ainda no período chuvoso do início do verão e a despeito da chuva que realmente caiu, a noite passada foi muito quente. É verdade que havia um bom ar-condicionado no teatro, mas o ar frio é veneno para mim. Em virtude disso, intensificaram-se a nevralgia e a insensibilidade na mão esquerda. A dor me afeta normalmente desde o pulso até a ponta dos dedos. Ontem, porém, espalhou-se até a articulação do cotovelo, por vezes ultrapassando essa área e repercutindo no ombro.

— Está vendo? Bem que eu lhe avisei! Mas você é teimoso, insiste em vir mesmo sabendo que vai passar mal — reclama minha velha. — E tudo isso só para assistir a esta apresentação de segunda, imaginem!

— Não é bem assim. O prazer de ver esta Agemaki me faz até esquecer a dor momentaneamente.

A repreenda da velha tem o curioso efeito de me tornar mais teimoso ainda. A mão doente, contudo, parecia gelar cada vez mais. Eu usava um quimono de verão sem forro, de tecido leve e poroso, roupas de baixo em escumilha de seda, e um sobretudo também leve de seda, mas na mão esquerda calçava luva de lã e empalmava um minúsculo aquecedor de bolso envolto em lenço.

— O ator Tosshou é uma beleza, realmente. Tem razão o vovô em se entusiasmar — comenta Satsuko.

— Meu bem... — começou dizendo Jokichi, mas emendou-se, atropelando as próprias palavras: — Você é capaz de perceber-lhe a graciosidade, Satsuko?

— Não sei avaliar a qualidade de uma interpretação, mas a delicadeza do porte e das feições deste ator me encanta. Que acha de assistir à matinê de amanhã, vovô? Tenho quase certeza de que a Koharu da peça *Kawasho* vai agradá-lo. E, se quer de verdade, é melhor vir amanhã mesmo porque o calor vai aumentar com o passar dos dias.

Falando com franqueza, a mão incomodava tanto que eu tinha até pensado em desistir dessa matinê, mas a repriменda da velha me fez reconsiderar e, de pura teimosia, eu estava exatamente pensando em enfrentar a dor e vir de novo amanhã. Satsuko tem uma espantosa capacidade de perceber com rapidez as sutis alterações do meu humor e, nessas situações, sempre procura satisfazer as minhas vontades, ignorando as da minha velha. Não é portanto a favorita desta, obviamente. Imagino que Satsuko realmente aprecia Tosshou. Pode ser também que o alvo do seu interesse seja o ator Danko, que faz Jihei, quem sabe...

A matinê da peça *Kawasho* começará às duas da tarde e terminará aproximadamente às três e vinte. Hoje, o dia está ainda mais quente que ontem. Desanimo ao pensar no calor que terei de suportar dentro do carro, mas o que mais preocupa é sem dúvida o ar-condicionado do teatro em potência máxima e a consequente dor na mão. Diz meu motorista que ontem não tivemos problemas porque a função foi noturna, mas, no horário de hoje é quase certo que toparemos com grupos de manifestantes, pois teremos de cruzar nalgum ponto a área da Embaixada norte-americana e do prédio do Congresso. Queira portanto fazer a gentileza de sair mais cedo, pede-me o motorista. Iremos à uma da tarde, paciência. Hoje, somos três. Jokichi não participará.

Por sorte chegamos sem incidentes. *Akutarou*, a peça anterior estrelada por Danshiro, ainda não tinha terminado. Sem assistir a ela, entramos no restaurante para um refresco. Todo mundo estava pedindo sorvete, de modo que também peço o meu, mas a velha reprova. O elenco de *Kawasho* é composto por Tosshou no papel de Koharu, Danko no papel de Jihei, Ennosuke no de Magoemon, Soujuro no da mulher Osho, Dannosuke no de Tahei, etc. Lembro-me da ocasião em que o antecessor do atual Ganjiro se apresentou no teatro Shintomiza. Naqueles velhos tempos, Magoemon era interpretado por Danshiro, o pai deste Ennosuke, e o papel de Koharu foi defendido pelo antecessor do atual Baikou. Hoje, Danko fez uma interpretação visivelmente esforçada de Jihei. Reconheço que ele deu tudo de si, mas seu desempenho acabou duro por excesso de zelo e tensão, o que é perfeitamente compreensível se levarmos em conta a sua juventude e a dificuldade do papel. Todavia, respeito o seu esforço e lhe desejo sucesso futuro, embora ainda ache que ele devia ter escolhido uma das produções de Edo a essas de Osaka. Tosshou esteve maravilhoso também hoje, porém, pareceu-me ainda melhor como Agemaki. O espetáculo seguinte seria *Gonza e Sukejuro*, mas saio sem assistir a ele.

— E já que estamos aqui, quero passar pela loja de departamentos Isetan — digo eu, esperando ser contrariado pela velha.

— E ficar de novo num ambiente refrigerado? O dia está quente demais, vamos embora de uma vez! — opõe-se ela conforme previ.

— Veja isto — retruco, erguendo minha bengala de amoreira e exibindo a ponta. — Perdi a ponteira. Nenhuma presta, duram apenas dois ou três anos. Quero passar pelo departamento especializado da Isetan e ver se acho alguma que sirva.

— E os piquetes, Nomura? Acha que teremos sorte também na volta?

— Acho que sim, senhora.

De acordo com o motorista Nomura, a facção oposicionista da Associação Nacional dos Estudantes fará hoje uma demonstração no parque Hibiya às duas da tarde, estando previsto que se concentrarão nos arredores do prédio do Congresso e da Central da Polícia, de modo que basta evitarmos as proximidades. O departamento de artigos especiais para cavalheiros fica no terceiro andar, mas não encontro nenhuma bengala que me agrade, infelizmente. E, já que estávamos ali, decidimos dar uma volta pelo andar de artigos femininos. O movimento era grande porque a loja inteira tinha-se preparado para a venda especial das festividades *chugen*.[1] Havia também uma mostra da alta-costura italiana, com modelos de verão dos mais famosos estilistas italianos.

Satsuko dispara sucessivos "Que lindos!" e não se deixa afastar com facilidade. Compro um lenço de seda Cardin para ela. Custou-me três mil ienes.

— Eu queria tanto um desses, mas olhe o preço! Proibitivo para mim — suspira ela sem parar diante de uma bolsa de

---

1   Festival do meio do ano, realizado no dia 15 de julho, data em que o povo japonês se congratula e se presenteia mutuamente pela passagem bem-sucedida de mais meio ano, lembra os seus mortos e ora por suas almas. [N.T.]

procedência austríaca de vinte e tantos mil ienes, em camurça bege e fecho com enfeite de safira fantasia.

— Peça ao Jokichi, ora! Ele pode se dar a esse luxo — digo.

— Não adianta. Ele é pão-duro.

Minha velha não diz absolutamente nada.

— Já são cinco horas, vovó. Que acha de um jantar em Ginza, antes de irmos para casa? — pergunto.

— Em qual restaurante?

— No Hamasaku. Há tempos tenho vontade de comer uma boa enguia-do-mar.

Convoco Satsuko e a faço ligar para o restaurante e reservar quatro lugares no balcão. Digo a ela que jantaremos às seis e que avise Jokichi para vir também, caso possa. De acordo com Nomura, as manifestações prosseguirão noite adentro, partindo de Kasumi-ga-seki e rumando na direção de Ginza, onde se dissolverão pela altura das dez da noite. Contudo, se fôssemos naquele instante para o Hamasaku, seríamos capazes de sair de Ginza perto das oito, a tempo ainda de evitar os manifestantes, com apenas o inconveniente de dar a volta por Ichigaya Mitsuke, Kudan e Yaesuguchi.

18 de junho (continuação)

Chegamos pontualmente às seis no Hamasaku, conforme planejáramos. Jokichi já estava lá à nossa espera. Minha velha, eu, Satsuko e Jokichi sentamo-nos lado a lado e nesta ordem. Jokichi e a mulher tomam cerveja, minha velha e eu pedimos chá-verde frio em copos. De entrada, nós dois pedimos tofu à moda Takigawa. Jokichi pede soja verde cozida na fava e Satsuko, alga marinha ao molho agridoce. Fico também com vontade de experimentar a carne de baleia ao molho de missô branco, de modo que peço mais essa entrada. Além disso, pedimos duas porções de *sashimi* de pargo e duas de enguia ao molho de ameixas. Os *sashimi* vão para a velha e Jokichi, as enguias são para mim e Satsuko. Da seção de assados, sou o único a pedir *teriyaki* de enguia, os demais preferem *ayu* grelhado. Todos concordam com um *dobin-mushi* de cogumelo e também com berinjela assada ao molho de missô.

— Quero mais alguma coisa.

— Está brincando! Com fome depois de tudo o que você já comeu?

— Não é bem fome. Preciso matar a saudade da comida de Kansai quando venho a esta casa, é isso.

— Eles têm *guji* assado. Quer? — me pergunta Jokichi.

— O senhor não prefere acabar com isto em vez de pedir outro prato, vovô?

As enguias restavam ainda quase intactas diante de Satsuko. Na certa pretendia oferecer-me o resto, pois só se havia servido de pequenos nacos. Para dizer a verdade, eu também esperava por esse oferecimento. Aliás, comer as sobras de Satsuko talvez tivesse sido o único objetivo deste jantar...

— E agora? Eles já levaram o meu molho de ameixas... — observo.

— Pois sobrou molho também — diz Satsuko, passando para mim as enguias e o molho, porém indagando: — Quer pedir mais?

— Contento-me com este tanto — replico.

Satsuko havia se servido de apenas dois nacos da enguia, mas o molho restante tem um aspecto revolvido, repugnante, nada condizente com o comportamento de uma mulher educada à mesa. Fico imaginando se não terá sido proposital...

— Deixei as vísceras do meu *ayu* para você — diz minha velha.

Ela se orgulha da habilidade de extrair a espinha do peixe com perfeição. É capaz de comer toda a carne sem perder uma única migalha, e de deixar apenas a cabeça, a espinha e o rabo do peixe a um canto do prato, limpos como se um gato os tivesse lambido. E me reserva sempre as vísceras.

— Eu também deixei — acrescenta Satsuko. — Mas não têm um bom aspecto porque não sei comer peixes tão bem como a vovó...

Realmente, a carcaça do seu *ayu* tinha um aspecto repulsivo, estava ainda mais revolvido que o molho de ameixas. Aquilo também não me pareceu inteiramente casual.

Durante a refeição, Jokichi comenta que, dentro de dois ou três dias, talvez tenha de ir a Sapporo, a serviço. Acredita que a permanência nessa cidade será de uma semana e acrescenta que Satsuko poderá acompanhá-lo, se quiser. Ela até gostaria de saber como é o verão em Hokkaido, responde Satsuko depois de pensar alguns segundos, mas não irá porque Haruhisa a convidara para uma luta de boxe no dia 20 e ela já havia aceitado o convite. Está bem, diz Jokichi laconicamente, sem fazer nenhuma pressão no sentido de levá-la consigo. Chegamos em casa às sete e meia aproximadamente.

Esta manhã, depois que saíram Keisuke para a escola e Jokichi para a empresa, dei uma volta no jardim com um breve descanso no caramanchão. São cerca de trinta metros até lá, mas exercitar as pernas é cada dia mais difícil: hoje, por exemplo, foi bem mais que ontem. O alto teor de umidade ambiental da estação chuvosa é sem dúvida parcialmente responsável por isso, mas não me lembro de ter tido tanta dificuldade no mesmo período do ano passado. Nas pernas, não sinto nem a dor nem a sensação de frio que me atormentam a mão, só um estranho peso que me faz tropeçar. O peso é sentido ora nos joelhos, ora no dorso ou na planta dos pés, variando de acordo com o dia. A opinião dos médicos também varia. Um diz que ainda tenho marcas do leve ataque apoplético que me acometeu há alguns anos, assim como mínimas alterações no centro nervoso, com influência sobre as pernas. Outro, que a culpa é do desvio na coluna cervical e na lombar, radiograficamente visíveis. E para corrigir os referidos desvios na região cervical e na lombar, diz esse médico que tenho de me deitar numa cama inclinada com o pescoço tracionado para cima, ou usar um espartilho de gesso que me imobilizará o quadril por um bom tempo. Como tenho certeza de que não serei capaz de suportar tantas constrições, nada faço e venho suportando os inconvenientes. Contudo, tenho de andar ao menos alguns minutos todos os dias, por mais difícil que isso me seja. Caso contrário, ameaçam os médicos, vou perder completamente a capacidade de me mover. Ando com uma bengala de bambu resistente porque sou capaz de cambalear e cair, mas quase sempre Satsuko ou a enfermeira me acompanham. Esta manhã, a tarefa coube a Satsuko.

— Tome, Satsuko — disse eu enquanto descansava no caramanchão, metendo-lhe na mão um bolo de notas bem dobradas que retirei da manga do meu quimono.

— Que é isso?

— Você tem aí 25 mil ienes. Compre a bolsa que tanto quis.

— Ah, muito obrigada! — diz Satsuko, metendo o bolo às pressas pelo decote da blusa.

— Mas se a minha velha a vir andando com a bolsa, vai desconfiar que fui eu que lhe dei...

— A vovó não estava olhando para mim naquela hora. Ela ia na nossa frente e já estava bem longe.

É, creio que estava, pensei.

19 DE JUNHO

Em pleno domingo, Jokichi partiu à tarde do aeroporto de Haneda. Momentos depois, Satsuko também se vai em seu Hillman. Da família, ninguém anda com ela por não confiar em sua habilidade de motorista, de modo que o carro acabou sendo de seu uso exclusivo muito naturalmente. Satsuko não levou o marido ao aeroporto. Foi ao Scala assistir a *O sol por testemunha*, filme estrelado por Alain Delon. Como sempre, acompanhada de Haruhisa, ao que parece. Keisuke ficou sozinho em casa, abandonado. Parece aguardar com ansiedade a chegada de Kugako, que virá hoje de Tsujido com os filhos.

À uma da tarde, o doutor Sugita surge para uma visita domiciliar. A enfermeira Sasaki havia ligado, preocupada com as minhas constantes queixas de dor. Na opinião do doutor Kajiura, do Hospital da Universidade de Tóquio, o foco no centro nervoso já se recuperou quase totalmente. Contudo, se a dor persiste apesar disso, diz ele, o mal não tem mais relação com o cérebro, prova que se tornou agora neurológico ou reumático. O doutor Sugita achou que eu devia consultar um ortopedista, de modo que fui ao hospital Tora-no-Mon há alguns dias, onde me tiraram uma radiografia. A chapa revelou nódoas na região cervical, as quais, somadas às dores intensas na mão, podiam ser indicativas de câncer, disse-me o médico, obrigando-me a tirar também algumas tomografias complementares. Não era câncer, felizmente, mas tenho desvios na sexta e sétima vértebras cervicais. Ali estava a causa das dores e da insensibilidade na mão, disse ele. E a melhor maneira de corrigir tais desvios era encomendar uma prancha de madeira lisa com uma roldana debaixo dela. A prancha teria uma inclinação de quase trinta graus e sobre ela eu me deitaria, a princípio durante cerca de quinze minutos todas as manhãs e tardes, com o pescoço metido num aparelho denominado *Glisson sling* (uma espécie de argola de forca feita sob medida em casa especializada em aparelhos hospitalares), o peso do próprio corpo servindo então para tracionar-me o pescoço. Dois ou três meses desse tratamento com progressivo aumento na duração e na frequência deverão resultar em melhora do quadro clínico, diz o médico. Eu não tinha nenhuma intenção de me submeter a isso, mormente neste calor, mas o doutor Sugita me aconselha a experimentar, já que inexiste qualquer outro tipo de tratamento digno de consideração. Ainda não sei se vou ou não seguir o conselho, mas, de qualquer modo, resolvo chamar o marceneiro e mandar fazer a prancha com a roldana, assim como o especialista em aparelhos hospitalares para tirar as medidas do meu pescoço.

 Sugako aparece quase às duas da tarde. Trouxe dois dos filhos. O mais velho não veio, ao que parece porque foi assistir a um jogo de beisebol. Akiko e Natsuji foram imediatamente para o quarto de Keisuke. Os três programam uma visita ao zoológico. Mal me cumprimenta, Kugako se retira para a sala de visitas e se engaja numa longa conversa com a minha velha. Aliás, é o que ela sempre faz, não me espanta. Hoje não tenho mais nada a escrever, de modo que aproveito para registrar algumas coisas que me vão na mente.

Creio que o fenômeno seja comum à maioria dos idosos, mas a verdade é que, nos últimos tempos, nenhum dia se passa sem que eu não pense em minha própria morte. Não só nos últimos tempos, porém, no meu caso. Eu pensava nisso desde muito antes, desde a época em que eu tinha os meus vinte anos, mas a recorrência do pensamento é tão grande, atualmente, que impressiona. "Pode ser que eu morra hoje", imagino cerca de duas ou três vezes ao dia. A ideia não vem necessariamente acompanhada de medo. Na minha juventude, vinha associada a uma intensa sensação de pavor. Agora, porém, chega até a me proporcionar certo prazer. Em compensação, fico imaginando pormenorizadamente as cenas que se seguirão à minha morte. O velório, por exemplo, não será realizado no cemitério Aoyama: o caixão deverá ser depositado naquele aposento de dez *tatami* voltado para o jardim. O arranjo provar-se-á prático, pois as pessoas poderão entrar pelo portão dos fundos, passar pela casinha de chá e pelo portãozinho que se abre para ela e, pisando as lajes que formam uma trilha no jardim, alcançar o aposento e ali queimar incensos. Que não me toquem as estridentes flautas e flajolés do cerimonial xintoísta. Uma boa ideia será pedir a algum artista da categoria de Seigin Tomiyama que execute *Zangetsu*, por exemplo.

Ah, gloriosa lua que se oculta
Além dos pinheiros da costa

E no mar descamba,
Do teu mundo de luz e sonho
Quisera de uma vez despertar,
Pois assim viver talvez eu pudesse
Na radiosa morada da lua
Onde a verdade absoluta
É pura luz que tudo alumia.

Sou até capaz de ouvir a canção na voz de Seigin. Estou morto, mas tenho a impressão que a voz me chega, mesmo assim. Ouço a minha velha chorando. Itsuko e Kugako também choram alto, apesar de nunca nos termos dado bem e de vivermos sempre discutindo. Satsuko com certeza não se abalaria. Ou talvez chorasse também. Ou fingisse chorar, quem sabe. Qual seria o aspecto do meu rosto morto? Espero que as faces estejam cheias, como hoje. A ponto de parecerem levemente exasperantes...

— Vovô...

Inesperadamente, minha velha veio entrando em companhia de Kugako neste ponto das minhas digressões.

— Kugako tem um pedido a lhe fazer.

Seu pedido se resumia no seguinte. Tsutomu, o filho mais velho de Kugako, está cursando o segundo ano da faculdade e, embora seja ainda muito novo, arrumou uma namorada e quer se casar, de modo que Kugako decidiu dar-lhe a permissão. No entanto, ela não confia nesses dois, tão novos, vivendo sozinhos num apartamento qualquer, quer tê-los morando na casa dela, ao menos até que Tsutomu se forme e arrume um emprego. Nesse caso, porém, a casa do bairro de Tsujido, onde moram atualmente, tornar-se-á pequena demais. Aliás, a casa já não oferecia conforto para Kugako, o marido e os três filhos viverem. Com a chegada da nora, Kugako podia prever que logo haveria também um neto, mais um motivo para desejar mudar-se para uma casa mais moderna. Por sorte, haviam posto à venda, a uma distância de pouco mais de cinco quadras de onde viviam atualmente, uma residência cujo estilo vinha ao encontro dos seus desejos. Kugako sonhava comprá-la, mas lhe faltavam cerca de três milhões de ienes. Dispunha de quase um milhão de ienes, mais que isso lhe era difícil arrumar. Obviamente, não estava me pedindo a quantia integral. Pretendia levantar um empréstimo bancário, mas gostaria de saber se eu ao menos não poderia adiantar-lhe o valor dos juros, cerca de duzentos mil ienes. Kugako e o marido me devolveriam o valor integral no decorrer do próximo ano.

— Você ainda tem as ações, não tem? Por que não as vende?

— Ah, mas se eu vendê-las, minha família se veria totalmente desprotegida!

— Claro, minha filha! Nem pense em tocar naquelas ações — acode minha velha.

— Exatamente. Estou decidida a mantê-las para emergências.

— Que história é essa? Seu marido ainda é novo, está na casa dos quarenta! Tem de ousar um pouco! — insisto.

— É a primeira vez que Kugako lhe faz um pedido desta natureza, desde que se casou. Você bem podia atendê-la! — intervém minha velha.

— Você me pede duzentos mil ienes, Kugako, mas o que acontece se não conseguir me devolver os juros dentro de três meses?

— Vamos pensar nisso quando chegar a hora, está bem?

— A falta de regras claras me preocupa.
— Seu genro também fará de tudo para não prejudicá-lo, vovô. Kugako apenas recorreu a você porque pode perder a casa se não agir rápido — torna a intervir minha velha.
— E você, minha velha, não podia lhe arrumar o dinheiro dos juros?
— Eu? Eu é que tenho de dar esse dinheiro a Kugako, enquanto para a Satsuko você dá o Hillman? Ah, essa não!

A observação da minha velha me irritou tanto que decidi de imediato recusar o empréstimo. Sem escrúpulos.

— Vou pensar no assunto — declaro.
— Você não pode lhe dar uma resposta agora?
— Tenho tido muitas despesas ultimamente, entendem?

As duas se afastam resmungando baixinho.

Bela hora escolheram para me interromper. Vou prosseguir um pouco mais do ponto em que parei.

Até a faixa dos cinquenta, a ideia da morte me apavorava mais que qualquer outra, mas isso já não acontece hoje em dia. Ao contrário, posso até afirmar que viver me cansou. Sinto que posso morrer a qualquer momento, estou preparado para isso. Quando tirei as tomografias no hospital Tora-no-Mon e me falaram da suspeita de câncer, minha velha e a enfermeira, que estavam comigo, empalideceram visivelmente. Eu, porém, não me abalei. Fiquei surpreso com a minha capacidade de permanecer indiferente. Cheguei até a sentir algum alívio ante a perspectiva de que finalmente minha longa, longa vida, chegava ao fim. Não tenho portanto nenhuma intenção de me apegar tenazmente à vida, mas uma vez que continuo vivo, não posso deixar de sentir atração pelo sexo oposto. E acredito que a atração persistirá até o exato momento da minha morte. Não tenho a vitalidade de um Fusanosuke Kuhara, que gerou um filho aos noventa anos de idade. Ao contrário, estou totalmente incapacitado, mas ainda assim sou capaz de me sentir sexualmente estimulado por meios heterodoxos e indiretos. Neste momento, vivo apenas em função desse tipo de prazer e dos prazeres da mesa. E Satsuko é, ao que me parece, a única a perceber vagamente esta minha disposição. Só ela em toda a família teve essa capacidade. Ninguém mais sabe. Aos poucos, ela começa a testar meios indiretos e a avaliar as minhas reações.

Mais que ninguém, tenho consciência de que sou um velho enrugado, repelente. É verdadeiramente estranho o aspecto do meu rosto quando, removida a dentadura, me contemplo ao espelho à noite. Não me resta mais nenhum dente, tanto na maxila superior como na inferior. Nem gengiva. Se fecho a boca, os lábios se unem e se achatam, e sobre eles pende o nariz quase até a borda do queixo. Não posso deixar de me espantar com o meu próprio rosto. Nenhum ser humano, nem mesmo um macaco, é tão feio. Não sou tolo a ponto de imaginar que uma mulher me queira nestas condições. E então, quando todos se descuidam, certos de que tenho plena consciência da minha inaptidão, surgem as oportunidades e delas tiro proveito. É verdade que me faltam capacidade e competência para aproveitar as ditas oportunidades, mas sempre posso aproximar-me descuidadamente de uma bela mulher. E, embora me falte competência, sou capaz de lançar a beldade nos braços de um belo homem para fomentar a discórdia e a indignação domésticas, e disso auferir prazer...

20 DE JUNHO

Não me parece que Jokichi ande muito apaixonado por Satsuko ultimamente. Seu amor por ela talvez tenha arrefecido depois do nascimento de Keisuke. Chamam a atenção suas constantes viagens a trabalho ou, quando está em Tóquio, seus jantares de negócios, que o fazem retornar tarde da noite. Talvez tenha arrumado outra mulher, não sei direito. No momento, parece-me muito mais interessado na carreira profissional que em mulheres. Tempos houve em que os dois se amavam muito, mas Jokichi talvez tenha herdado do pai o caráter volúvel.

Minha velha se opôs ao casamento de Jokichi com Satsuko. Eu, porém, sou partidário do não intervencionismo e fiz questão de deixá-los à vontade. Ela dizia pertencer à companhia Nichigeki de dança, mas, na verdade, fez parte desse grupo por apenas meio ano. Depois disso, não sei ao certo onde andou se apresentando, dizem alguns que pelos lados de Asakusa e que, também, numa certa casa noturna.

— Você dança em pontas? — perguntei certa vez.

— Não. Fiz exercícios na barra durante uns dois anos com a intenção de ser bailarina clássica, de modo que até ficava algum tempo em pontas, mas não sei se ainda consigo — respondeu.

— Se chegou a esse estágio do aprendizado, por que abandonou as lições?

— Porque os pés se deformam, ficam com uma aparência feia, sabe?

— E desistiu só por isso?

— Eu não quero que os meus pés fiquem daquele jeito.

— Daquele jeito como?

— Ora, como...! Horrorosos, eis como. Os dedos se enchem de calos e incham, as unhas caem.

— Seus pés me parecem muito bonitos, atualmente.

— Antes, costumavam ser ainda mais. Dançar em pontas os encheu de calos e os enfeiou, de modo que parei e passei a esfregar diariamente os pés com pedra-pomes, lixas e mais o que havia para ver se recuperavam o aspecto antigo, mas não consegui.

— Não mesmo? Deixe-me ver.

Inesperadamente, foi-me dada a oportunidade de tocar-lhe os pés nus. Ela descalçou as meias de náilon, estirou as pernas sobre o sofá e mostrou-me os pés. Eu os pus no meu colo e apertei-lhe os dedos, um a um.

— São macios ao toque. Não sinto nenhuma calosidade — comentei.

— Aperte direito. Isso, esse ponto.

— Ah, este?

— Viu? Ainda não sarou completamente. Bailarinas! Quem as vê, nem imagina como são seus pés!

— A Lepeshinskaya também tem pés horrorosos?

— Claro! Pois se até comigo aconteceu muitas vezes de o sangue escorrer pelas sapatilhas durante os treinos! E o problema não são só os pés, não. As panturrilhas também emagrecem, perdem essa carne macia, e as pernas se enchem de nodosidades, ficam parecidas com as de estivadores. O peito se achata, os seios somem, e os músculos dos ombros endurecem, como os dos homens. Até coristas correm esse risco, embora nada disso tenha acontecido comigo, felizmente.

Foi a beleza do seu porte que atraiu Jokichi, tenho certeza. Não obstante, apesar de pouco instruída, Satsuko me parece inteligente. É do tipo que não gosta de perder para ninguém, de modo que foi estudar depois de casada e, hoje em dia, consegue até falar o francês e o inglês básicos. Gosta de dirigir, adora uma boa luta de boxe, mas tem simultaneamente um incongruente apreço por *ikebana*. E como o marido da herdeira da casa Issotei, de Kyoto, vem a Tóquio duas vezes por semana dar aulas de *ikebana* e traz consigo algumas flores raras, Satsuko resolveu ter aulas com ele. Hoje, o arranjo que enfeita o meu quarto é composto por eulálias e saxífragas em recipiente raso verde-claro. Na parede, pende um poema chinês na caligrafia de Uzan Nagao.

> *Salgueiros já espalham a paina*
> *Sem que tu no entanto retornes.*
> *Rouxinóis emudecem, flores enlanguescem*
> *Meus sonhos em vão se perdem.*
> *Na festiva cidade de inúmeros prazeres*
> *Peônias contemplo sob a chuva serena.*

26 DE JUNHO

Exagerei ao comer tofu gelado a noite passada e comecei a passar mal pouco depois do meio da noite. Tive diarreia e fui diversas vezes ao banheiro. Tomei três drágeas de Entero Viofórmio, mas continuo passando mal. Hoje, vou ficar na cama o dia inteiro.

29 DE JUNHO

À tarde, convido Satsuko para um passeio de carro até as proximidades do Santuário Meiji. Imaginei que conseguira escapar despercebido, mas fui descoberto pela enfermeira. Vou junto, declara ela com firmeza, e me tira todo o prazer da excursão. Menos de uma hora depois, eu já estava de volta.

2 DE JULHO

A pressão arterial está novamente alta há alguns dias. Pela manhã, eu tinha 180 por 110. Pulso 100. Por insistência da enfermeira, tomo duas drágeas de Serpasil e três de Adalin. A dor e a sensação de frio na mão também se intensificam. Raramente acontece de a dor, mesmo intensa, perturbar-me o sono. Ontem, porém, despertou-me no meio da noite e, como não consegui suportá-la, chamei a enfermeira Sasaki, que me aplicou uma injeção de Nobulon. Esta droga é eficiente, mas deixa uma sensação desagradável como efeito secundário.

— O colar cervical e a prancha inclinada chegaram. Que acha de experimentá-los de uma vez?

Não tenho nenhuma vontade, mas resolvo testá-las por não ver outra saída.

3 DE JULHO

Experimento o colar cervical. Feito de gesso, foi concebido de modo a projetar o queixo para cima, afastando-o do pescoço. Seu uso não causa dor, mas restringe os movimentos da cabeça. Não posso olhar à direita, à esquerda ou para baixo. Estou imobilizado, obrigado a contemplar apenas adiante.

— Me lembra um objeto de tortura do inferno...

É domingo. Jokichi e Keisuke juntam-se a Satsuko e à minha velha para apreciar o espetáculo.

— Estou com pena do vovô!

— Quantos minutos ele tem de ficar com isso no pescoço?

— Quantos dias?

— Acho melhor dissuadi-lo de usar esse colar. É cruel demais para uma pessoa idosa!

Ouço as vozes ao meu redor, todos falando ao mesmo tempo, mas não os vejo porque não posso me voltar.

Afinal, decido não usar o colar. Vou apenas me deitar na prancha inclinada e tracionar o pescoço. Ou seja, método *Glisson* de tração cervical. Quinze minutos todas as manhãs, para começar. Este tratamento consiste numa tira de tecido, mais macia que a do colar, envolvendo o queixo e me suspendendo na prancha: não constringe como o colar, mas impossibilita igualmente os movimentos da cabeça, só me deixando a alternativa de contemplar fixamente o teto.

— Prontinho, os quinze minutos já se foram! — diz a enfermeira conferindo o relógio.

— Fim da primeira sessão! — grita Keisuke, disparando pelo corredor.

10 DE JULHO

Hoje, completei uma semana de tratamento. Entrementes, o tempo de tração aumentou de quinze para vinte minutos e a inclinação da prancha foi levemente acentuada, em virtude do que sinto a tira em torno do meu queixo puxando-me para cima com maior força. Apesar de tudo, não vejo resultados. A dor na mão continua a me atormentar. Talvez eu precise persistir dois ou três meses para obter algum sucesso, opina a enfermeira. Duvido que eu tenha tanta paciência. Reunimo-nos todos à noite para discutir o meu caso. Satsuko acha que o tratamento é agressivo demais para idosos, deve ser suspenso ao menos durante o verão e buscadas outras alternativas. Um estrangeiro lhe havia dito que existe na farmacopeia norte-americana uma medicação chamada Dorsine para combater dores reumáticas: não promovia a cura, mas quatro a cinco desses comprimidos duas ou três vezes ao dia garantiam ao menos um efetivo combate à dor. Satsuko havia então comprado o remédio e me perguntava se não queria testá-lo. Minha velha sugere: "Por que não pedir ao senhor Suzuki, aquele do bairro Den'en-chofu, algumas sessões de acupuntura? Talvez o cure." E lá está ela falando interminavelmente ao telefone. O acupunturista Suzuki prefere que eu vá à casa dele, pois sua agenda anda bastante carregada; caso porém o tratamento tenha de ser domiciliar, terei de me contentar com duas ou três sessões semanais; não é capaz de diagnosticar à distância, mas, pela descrição dos sintomas, considera possível recuperar-me em dois ou três meses. Há alguns anos, o acupunturista me curou duas vezes: a primeira, de uma arritmia cardíaca persistente que me atormentou longamente e, a segunda, de crises de tontura.

Em vista disso, decido solicitar-lhe que venha à minha casa a partir da próxima semana.

Sempre gozei de boa saúde. Exceto por uma internação hospitalar de uma semana por causa de periproctite, não tive nenhuma doença séria desde a minha infância até quase sessenta e quatro anos de idade. Foi aí que advertiram-me que eu era hipertenso, e perto do meu 68º aniversário, tive um ataque apoplético leve que me derrubou na cama por um mês, mas nem assim experimentei sofrimento físico. Só vim a saber o que era isso depois de festejar o meu 77º aniversário. Dia a dia, fui perdendo a liberdade de movimento: primeiro, da mão esquerda até o cotovelo, depois, do cotovelo até o ombro, em seguida, de ambos os pés e pernas. As pessoas talvez se indaguem se haveria prazer em viver desse jeito. A mesma dúvida me assalta por vezes. É curioso, contudo, como a capacidade de comer, de dormir e de evacuar continuam preservadas, não sei se felizmente ou não. A ingestão de bebidas alcoólicas e de alimentos picantes ou salgados me foi proibida, mas meu apetite ainda assim é maior que o da maioria das pessoas. Desde que não me exceda, os médicos liberaram até filés de carne bovina e de enguia, e como quase de tudo com prazer. Quanto ao sono, durmo nove a dez horas diárias incluindo as sestas, mais até do que devia, e evacuo duas vezes ao dia. Produzo uma quantidade espantosa de urina, o que me faz levantar duas ou três vezes durante a noite, mas isso jamais me perturbou o sono. Esvazio a bexiga semiacordado, volto para a cama e adormeço instantaneamente. É verdade que a dor na mão me desperta vez ou outra, mas estou na maioria das vezes tonto de sono e volto a dormir ainda pensando na dor. Caso, porém, a mão incomode demais, peço à enfermeira uma injeção de Nobulon e adormeço em seguida. Devo a essas minhas aptidões a façanha de continuar vivo até hoje: não fossem por elas, talvez eu já tivesse morrido há muito.

— Você se queixa ora que a mão dói, ora que não consegue andar, mas tira bom proveito da vida. Tem certeza de que essa história de dor não é mentira? — perguntam alguns.

Não é mentira. Algumas vezes a dor é mais intensa, em outras, menos, só isso. Não existe uma condição permanente, momentos há também em que não sinto nada. O tempo e a umidade do ambiente influem de diversas maneiras, ao que parece.

Mas a dor não afeta a minha sexualidade, por estranho que pareça. Pelo contrário, a exacerba. Ou melhor, talvez eu deva dizer que sou atraído por mulheres que me causam dor, sinto fascínio por elas.

Creio que esta minha tendência pode ser classificada de masoquista. Não acho que a tivesse desde a juventude, ela foi se manifestando com o avançar da velhice.

Suponhamos que estivessem aqui comigo neste momento duas mulheres igualmente belas, tipos igualmente do meu agrado. A é meiga, honesta e atenciosa, e B, rude, mentirosa e traiçoeira. Nessas condições, quem haveria de me atrair mais? Nos últimos tempos, muito mais B que A, tenho quase certeza, contanto que B nada fique a dever a A em matéria de beleza. E por falar em beleza, sou muito exigente: as mulheres têm de ter alguns detalhes faciais e físicos que correspondam aos meus ideais. Não gosto, por exemplo, de narizes compridos e altos. Os pés têm de ser brancos e delicados. E se além disso A e B preencherem igualmente vários outros requisitos de beleza, sou realmente atraído pela mulher de caráter menos louvável. Mulheres em cujo rosto a crueldade é aparente. Essas são as que mais me atraem. Quando vejo esse tipo de rosto, imagino que a mulher seja realmente cruel, ou melhor, desejo que ela assim seja. Gennosuke Sawamura costumava apresentar no palco esse tipo de fisionomia, antigamente. A atriz do cinema francês Simone Signoret no papel de professora em *As diabólicas* e, recentemente, a muito comentada Kayoko Hono também têm esse tipo de feição. As duas talvez sejam mulheres de boa índole na vida real, mas caso não fossem, imagino como eu me sentiria feliz se pudesse, já não digo viver com elas, mas ao menos morar perto de suas casas e me aproximar delas...

12 DE JULHO

Todavia, a maldade não pode estar explícita, mesmo na mulher de índole má. Considero indispensável que, quanto maior a maldade, mais perspicaz seja a mulher. Existem porém limites para a maldade: assassinas e ladras não me agradam, mas faço ressalvas mesmo quanto a elas. Embora sabendo, por exemplo, que determinada mulher é uma ladra — dessas que se introduzem em hospedarias para roubar carteiras de hóspedes adormecidos —, tenho a impressão de que eu não resistiria à tentação de me relacionar com ela apesar de tudo, meu interesse pela mulher despertando exatamente em virtude da sua natureza criminosa.

Em meus tempos de faculdade tive um colega de nome Uru Yamada, bacharel em direito. Trabalhava na prefeitura de Osaka, mas há muito é falecido. Seu pai havia exercido a advocacia durante longos anos, e no início do período Meiji (1868-1912) chegou a defender Takahashi Oden.[2] Ao que parece, o homem falou muitas vezes ao filho Uru da estranha beleza dessa assassina. Sensual, voluptuosa, não sabia como descrevê-la, teria dito o velho. Nunca vira mulher de beleza tão inquietante, ela devia ser o exemplo perfeito daquilo que se convencionou chamar de mulher fatal, ele até não se importaria de ser morto por uma mulher desse tipo, vivera o pai confidenciando ao filho com um toque de incontida admiração na voz.

Pois se nos dias atuais me surgisse uma mulher como Oden, eu talvez me desse por feliz em ser morto por ela, já que nada de extraordinário me acontecerá mesmo que viva mais alguns anos. Acho preferível ser morto de uma vez com requintes de crueldade a continuar como agora, semivivo e suportando as dores que me atormentam pernas e mão.

Seria acaso a percepção desse tipo de imagem em Satsuko a razão do meu amor por ela? Satsuko é um pouco perversa, um pouco irônica e mente um pouco. Não se dá muito bem nem com a sogra, nem com as cunhadas. Não tem muito amor por crianças. Recém-casada, esses defeitos eram quase imperceptíveis, mas evidenciaram-se gradativamente nestes últimos quatro ou cinco anos. Parte por culpa minha, eu posso tê-la levado a isso. Na verdade, Satsuko não é tão má. Sua natureza deve ser basicamente boa ainda hoje, mas aprendeu a simular maldade não sei desde quando, e passou a se orgulhar disso. Na certa por perceber que, agindo assim, agradava a este velho. Tenho certa tendência a mimá-la mais que às minhas próprias filhas, e não me agrada vê-la relacionando-se cordialmente com as cunhadas. Quanto mais maldosa Satsuko se mostra com relação às minhas filhas, mais ela me

---

2 Takahashi Oden (1850?-1879): famosa assassina nascida na região de Joshu. Foi presa em 1876 e condenada à morte em 1879. [N.T.]

atrai. Essa disposição é recente, mas se acentua com o passar do tempo. Pergunto-me se o fato de suportar as dores físicas e a incapacidade de fruir normalmente os prazeres do sexo distorceriam a tal ponto a natureza humana... Isso me fez lembrar a desavença doméstica de dias atrás.

Keisuke já está com sete anos de idade e frequenta o primeiro ano do primeiro grau, mas não há sinais de que venha a ganhar um irmãozinho. Minha velha nutre forte suspeita de que Satsuko esteja lançando mão de recursos artificiais para evitar uma nova gravidez. A mesma suspeita existe no meu íntimo, mas, para a minha velha, eu vinha sempre afirmando que isso era pouco provável. Inquieta, ela parece ter falado diversas vezes de suas dúvidas ao meu filho.

— Satsuko não está fazendo nada disso, fique tranquila — ri Jokichi sem lhe dar atenção.

— Tenho certeza de que faz! Sei disso muito bem — insiste minha velha.

— Ah-ah! Pergunte a Satsuko, nesse caso.

— Estou falando sério, não ria. A culpa é sua, você é indulgente demais com a sua mulher e ela o faz de bobo!

Finalmente, Satsuko acabou sendo chamada à presença dos dois por meu filho para se explicar. Vez ou outra, a voz aguda da minha nora me chegava aos ouvidos. Quase uma hora se passou nisso e, por fim, minha velha veio me chamar:

— Venha cá um pouco, vovô.

Eu porém recusei-me a ir, de modo que não sei direito o que aconteceu. Mas descobri mais tarde que, de tanto ouvir observações sarcásticas, Satsuko acabou enfrentando a minha velha.

— Acontece que não gosto muito de crianças — teria ela dito. — Ademais, para que pôr no mundo tantos filhos se estão prevendo para breve uma chuva de cinza radiativa?

Minha velha não ficou atrás e a acusou:

— Você não respeita o seu próprio marido! Pensa que não sei que você o chama cruamente de "Jokichi" quando não está em minha presença? E diante de mim meu filho a chama de "Satsuko", mas na presença de estranhos diz "meu bem"! É você que o obriga a chamá-la desse jeito, não é?

A discussão tomou rumos inesperados e estendeu-se interminavelmente. A essa altura, tanto Satsuko como minha velha estavam furiosas, e nada do que meu filho dissesse era capaz de acalmá-las.

— Já que nós dois a desagradamos a esse ponto, permita-nos sair daqui e viver em nossa própria casa, vovó. Boa ideia, não acha, querido?

Satsuko pusera o dedo na ferida e minha velha não achou o que retrucar. As duas sabiam perfeitamente que eu jamais concordaria com essa solução.

— A enfermeira Sasaki e a vovó podem cuidar do vovô. É isso que devemos fazer, querido — insistiu Satsuko com crescente entusiasmo ao notar que minha velha murchara. Fim da disputa. Arrependi-me de não ter presenciado a cena, haveria de me divertir deveras.

— A estação das chuvas chegou ao fim, não chegou? — disse hoje minha velha entrando em meu aposento. A refrega de dias atrás deixou vestígios, pois ela me parece um tanto abatida.

— Já? Nem choveu direito este ano…! — respondo.

— Mas hoje já é o dia da Feira de Flores.[3] E isso me fez lembrar: o que decidiu a respeito do túmulo?

---

3   Feira de Flores (no original, *kusa-ichi*): aberta anualmente desde a noite do dia 12 de julho até a manhã do dia 13 do calendário lunar, a feira fornece flores e artigos diversos para o Festival em Homenagem aos Finados (*Urabon'e*), realizado na maioria das localidades entre os dias 13 e 15 de julho. [N.T.]

— Para que a pressa? Como disse antes, não quero meu túmulo num desses cemitérios de Tóquio. Sou um genuíno *edokko*[4], mas a Tóquio destes dias não me agrada. Construir um túmulo em cemitérios de Tóquio tornou-se arriscado: por qualquer motivo e de uma hora para outra posso ter meus restos mortais transferidos para lugares inesperados. E o do bairro de Tama não lembra nada os tradicionais de Tóquio. Recuso-me a ser enterrado lá.

— Sei de tudo isso e também que procura um lugar em Kyoto. Mas você mesmo me disse que pretendia ter tudo resolvido para o *Daimonji*[5] do próximo mês, não disse?

— Tenho ainda um mês inteiro pela frente. E posso pedir a Jokichi que vá até lá.

— Não é melhor conhecer pessoalmente o local?

— Neste calor e nas minhas condições? Não vejo como. Talvez eu deva esperar os ritos de *Higan*.[6]

Minha velha e eu já recebemos nossos nomes budistas póstumos. Eu me chamarei Takumyou'in Yukan Nissokoji, e ela, Jokan'in Myoko Nisshundaishi. Eu porém não gosto da seita Nichiren e pretendo transferir-me para a Jodo ou a Tendai. O motivo principal da minha aversão é a imagem —

---

[4] Literalmente, filho de Edo. Eram assim chamados os indivíduos nascidos e criados em Edo (antiga denominação da área que hoje corresponde à cidade de Tóquio). O costume persiste até hoje. [N.T.]

[5] Fogueiras são acesas na encosta ocidental do monte Nyoi-ga-take em Kyoto, na noite de 16 de agosto, formando um enorme ideograma *dai*, donde o nome do ritual. É o encerramento do Festival dos Finados e reza a tradição que o gigantesco ideograma aceso na noite aponta para o céu, indicando o caminho de retorno às almas ancestrais que desceram à Terra durante o festival para celebrar com os vivos. [N.T.]

[6] Semanas em que ocorrem o equinócio da primavera e do outono. Desde o início da época Heian (794-1185), rituais budistas são celebrados no decorrer dessas semanas. Diz ainda um ditado japonês que nem calor nem frio perduram além dos equinócios. [N.T.]

um boneco de barro com uma touca de algodão na cabeça — do santo Nichiren nos santuários dessa seita, e que somos obrigados a reverenciar. Se possível, quero ser enterrado no templo Honen'in ou no Shin'nyodou, em Kyoto.

— Estou de volta — disse Satsuko nesse momento, entrando em meu quarto. Eram quase cinco da tarde. Dá de cara com a minha velha e se desmancha numa reverência propositadamente cortês. Minha velha desaparece rapidamente.

— Não a vejo desde cedo. Onde andou? — pergunto.

— Fiz compras em diversos lugares, almocei com Haruhisa num hotel, fui em seguida provar uma roupa no Étranger, tornei a me encontrar com Haruhisa e fomos juntos assistir ao *Orfeu negro* no Yurakuza...

— Seu braço direito está bem queimado de sol.

— É que fui ontem de carro a Zushi.

— Outra vez com Haruhisa?

— Isso mesmo. Ele não dirige, de modo que fui obrigada a guiar tanto na ida como na volta.

— Você parece ainda mais branca com esse único braço queimado.

— Isso acontece porque a direção fica do lado direito, entende?

— Você está corada, e me parece um tanto excitada.

— Verdade? Não acho que esteja, mas concordo que Breno Mello me impressionou um pouco.

— Que é isso?

— É o ator principal do *Orfeu negro*. O filme foi baseado na lenda grega de Orfeu e rodado no Rio de Janeiro durante o carnaval, e tem como personagem principal um negro. Aliás, todos os atores são negros.

— E foi esse ator que tanto a impressionou?

— Breno Mello, dizem, é artista amador. Antes, era jogador de futebol. No filme, faz o papel de um motorneiro e, enquanto dirige, vai observando as garotas na rua. Às vezes, pisca para elas. O senhor precisa vê-lo piscando, é um encanto!

— Pelo jeito, não vou achar graça alguma nesse filme.

— Não quer mesmo ir vê-lo? Nem por mim?

— Você me levaria?

— E o senhor iria, se eu fosse junto?

— Até posso.

— Pois então, vou quantas vezes o senhor quiser. Sabe por quê? Porque Breno Mello me lembra muito o Leo Espinosa, que foi antigamente o meu favorito.

— Lá vem você de novo com esses nomes estranhos...

— O Espinosa é um boxeador filipino. Ele chegou a disputar o título mundial na categoria dos pesos-mosca. É negro também, mas não tão bonito quanto o Breno Mello. No entanto, os dois se parecem. Principalmente quando piscam. O Espinosa ainda continua no ringue, mas já não tem o brilho antigo. Ele era realmente muito bom. Ah, como me lembro!...

— Assisti uma única vez a uma luta de boxe...

Nesse momento, minha velha e a enfermeira vieram me avisar que era hora de mais uma seção na prancha inclinada. Satsuko pôs-se a falar no mesmo instante em tom deliberadamente exibido:

— O Espinosa é um negro proveniente da Ilha de Cebu, e o seu forte é o direto de esquerda. O braço esquerdo se estende reto para a frente, bate e se recolhe instantaneamente. Zás-trás, precisa ver a velocidade dos seus golpes! Zás-trás, zás-trás, é lindo! Tem ainda o hábito de expelir o ar sibilando entre os dentes nos momentos em que ataca. E quando o adversário manda um direto nele, Espinosa não desvia o tronco para a direita ou para a esquerda como a maioria dos boxeadores, ele foge dos golpes tombando o tronco para trás. Nessas horas, faz uma impressionante exibição de maleabilidade.

— Ah, agora entendi a razão do seu interesse por Haruhisa! Ele é queimado de sol, lembra um negro, não é isso?

— Haruhisa tem o peito cabeludo, enquanto os negros têm poucos pelos no corpo. Por causa disso, a pele deles brilha de um modo extremamente atraente quando suam. Eu faço questão de levá-lo comigo para assistir a uma luta de boxe, vovô!

— Deve haver poucos boxeadores bonitos...

— A maioria tem o nariz quebrado.

— Entre boxe e luta-livre, qual o mais interessante?

— A luta-livre tem muito de espetáculo, mostra muito sangue, mas lhe falta seriedade, entende?

— Mas os boxeadores também tiram sangue um do outro, não tiram?

— Tiram, é verdade. Ficam ensanguentados quando são atingidos na boca, o protetor bucal chega a se partir em três pedaços e a voar, mas como inexiste a intenção explícita de mostrar sangue, isso não ocorre com muita frequência, como na luta-livre. Na maioria dos casos acontece quando a cabeça de um dos boxeadores se choca com o rosto do outro. Ou quando surge um corte na pálpebra.

— A senhora costuma assistir a esses espetáculos? — interrompe a enfermeira Sasaki.

Estarrecida, minha velha apenas ouve, em pé e imóvel há algum tempo. Ela me parece prestes a fugir dali.

— Costumo, e não sou a única na plateia. Muitas mulheres vão assistir.

— Se eu visse uma coisa dessas, desmaiaria na certa — comenta Sasaki.

— A visão do sangue excita um pouco, é verdade. Aliás, nisso consiste a diversão.

A mão esquerda começou a me doer agudamente no meio dessa conversa. Sobretudo, sinto um voluptuoso prazer na dor. A expressão maldosa no rosto de Satsuko intensifica a dor e a sensação de prazer.

Capítulo 2

17 DE JULHO

Ontem à noite, Satsuko partiu mal terminou o ritual de despacho das almas ancestrais dos Finados. Disse-me que seguia para Kyoto no expresso noturno e, lá chegando, assistiria ao festival xintoísta Gion'e.[7] Achei louvável a sua disposição neste calor, mas, pensando bem, Haruhisa está lá desde ontem para filmar as festividades. A equipe de TV hospeda-se no Hotel Kyoto, e Satsuko, na casa de Itsuko, em Nanzenji. Ela diz que tenciona retornar na quarta-feira, dia 20. Na certa planejou apenas dormir na casa de Itsuko, já que não se dá bem com ela.

— Você pretende ir a Karuizawa? Se pretende, quanto antes, melhor. Dentro de alguns dias, as crianças irão também, e adeus sossego — diz a minha velha. — As férias de verão começam no dia 20.

— Não sei se vou este ano. No ano passado, me aborreci de ficar tanto tempo. Na verdade, Satsuko e eu temos um

---

[7] Festa tradicional do xintoísmo realizada antigamente entre 7 e 14 de junho (modernamente, entre 17 e 24 de julho) no santuário Yasaka-jinja de Gion, em Kyoto. [N.T.]

compromisso para o dia 25. O título de campeão nacional dos pesos-mosca vai ser disputado no Koraku'en, entende?

— Espero sinceramente que não se machuque indo assistir a esses espetáculos violentos. Quem procura, acha... — agoura minha velha.

23 DE JULHO

Mantenho um diário porque gosto de escrever. Não pretendo mostrá-lo a ninguém. A vista anda espantosamente fraca, não consigo ler quanto gostaria e, como não tenho outras distrações, estou sempre disposto a escrever para passar o tempo. Uso pincel grosso e escrevo graúdo para facilitar a leitura. Guardo o diário num cofre pequeno, não quero que ninguém o leia. Já lotei cinco desses cofres. Imagino que será melhor queimar os manuscritos algum dia, mas me agrada também a ideia de deixá-los para a posteridade. Às vezes, abro e releio alguns mais antigos e me espanto de ver como ando esquecido. Fatos ocorridos há um ano me impressionam com a força de uma novidade, não cansam de despertar em mim um agudo interesse.

Durante a minha estada em Karuizawa no verão do ano passado, mandei reformar o meu quarto, a sala de banhos e o banheiro. Disso me lembro muito bem, por mais fraca que ande a memória. Contudo, ao folhear o diário do ano passado, percebo que não registrei esses acontecimentos detalhadamente e vejo-me agora obrigado a escrever sobre isso uma vez mais em virtude de certos incidentes.

Até o verão do ano passado, minha velha e eu dormíamos lado a lado num aposento tradicional japonês. Posteriormente, mandei assoalhar o quarto e nele instalei duas camas em estilo ocidental. Numa delas passei eu a dormir e, na outra, a enfermeira Sasaki. A partir dessa época, minha velha, que já costumava vez por outra dormir sozinha na saleta de estar, decidiu então mudar-se definitivamente para outro aposento. Gosto de dormir cedo e de acordar cedo, enquanto minha velha adora ir para a cama mais tarde e levantar-se tarde também. Privadas, para mim, têm de ser em estilo ocidental, mas minha velha diz que não se ajeita se não forem à moda oriental. Optamos portanto por separar os quartos, levando também em consideração a conveniência de médicos e da enfermagem. Reformei o antigo banheiro existente do lado direito do dormitório e o adaptei para torná-lo exclusivamente meu: mandei instalar peças ocidentais, derrubar parte da parede que o separava do meu quarto e fixar no lugar uma porta de vaivém para eliminar a necessidade de sair ao corredor toda vez que quisesse usar o banheiro. Do lado esquerdo do dormitório fica a sala de banho. Esta também passou por uma grande reforma no ano passado, ocasião em que mandei azulejá-la totalmente, assim como a banheira, instalando além disso um chuveiro em atenção a um pedido de Satsuko. Em seguida, mandei fixar entre os dois aposentos outra porta de vaivém, esta, porém, com um trinco que possibilita fechar a sala de banhos por dentro, se for preciso.

E já que estou falando nisso, aproveito para registrar que à direita do banheiro fica o meu gabinete (os dois aposentos também separados por porta de vaivém), e à direita dele, o quarto da enfermeira. Esta só dorme à noite na cama ao meu lado. Nas demais ocasiões, permanece em seu próprio aposento. Minha velha costuma ficar metida o dia inteiro na saleta que se situa além do cotovelo do corredor, quase sempre entretida com os programas de televisão ou de rádio. Só vem ao meu quarto quando precisa. As salas e os dormitórios partilhados por Jokichi, Satsuko e Keisuke situam-se no andar superior. Além disso, há ainda um quarto com cama para hóspedes. Dizem que a sala de estar do casal é decorada com luxo, mas há muito não subo até lá e não sei: parte da escada que leva ao segundo andar é de caracol e estas pernas fracas me impedem de galgá-la.

A reforma da sala de banhos gerou um pequeno problema. Minha velha era de opinião que a banheira devia ser de madeira, pois a de azulejo esfriaria a água do banho com rapidez, além de ser gelada ao contato no inverno. Eu, porém, optei por uma de azulejo por sugestão de Satsuko (sem, é claro, revelar esse detalhe à minha velha). Foi um erro. Ou um sucesso, afinal, quem sabe. Explico-me. Uma vez azulejada, a sala de banhos se revelou escorregadia quando molhada, e um grande perigo para idosos. Minha velha chegou certa vez a levar efetivamente um memorável tombo fora da banheira. Eu também passei apuros quando, com as pernas estendidas na banheira, resolvi erguer-me repentinamente e pus a mão na borda. A mão porém escorregou e, já que não posso contar com a esquerda, não consegui erguer-me, pondo-me em situação perigosa. O piso, forrei com um estrado de madeira, mas não encontrei solução para a banheira.

E então, deu-se o seguinte na noite passada.

A enfermeira Sasaki tem filhos pequenos, e sai uma ou duas vezes ao mês para visitá-los na casa de alguns parentes que se encarregaram de cuidar deles. Parte no começo da tarde, passa a noite fora e retorna pela manhã do dia seguinte. Que fazer então na sua ausência? Na sua ausência, ficou decidido que a minha velha passaria a noite na cama da enfermeira, ao lado da minha. Costumo me recolher às dez da noite, mas antes tomo banho, e depois vou direto para o meu quarto. Contudo, a minha velha não quer mais me auxiliar durante o banho desde o dia do tombo, de modo que Satsuko ou uma empregada desempenham essa função na ausência de Sasaki, nenhuma porém me dispensando o mesmo cuidado ou consideração da enfermeira. Satsuko, por exemplo, mostra uma eficiente desenvoltura apenas na fase preparatória, mas permanece a distância e apenas me observa tomar banho, não faz praticamente nada para me ajudar. Quando muito, esfrega-me rapidamente as costas com uma esponja. Quando acabo, enxuga-me as costas com uma toalha, passa talco e gira o ventilador na minha direção sem jamais se pôr diante de mim, não sei bem se por educação ou por repugnância. Afinal, faz-me vestir o roupão de banho e me empurra para dentro do quarto, após o quê, afasta-se rapidamente corredor afora. Sua função terminou e, dali em diante, o problema é da minha velha, dizem seus modos claramente. Eu mesmo não paro de desejar que ela algum dia me venha fazer companhia no quarto, apesar do comportamento deliberadamente frio de Satsuko, originado talvez no fato de estar a minha velha sempre a postos e alerta.

Aliás, minha velha também não sente muito prazer em dormir na cama dos outros. Troca lençóis, fronhas e cobertores, e só depois se deita, ainda lançando olhares desconfiados em todas as direções. Os anos também pesam em seus ombros: tem necessidade de urinar com frequência, mas se queixa que não consegue fazer nada na latrina de concepção ocidental, vendo-se obrigada a ir duas a três vezes até o distante banheiro em estilo japonês durante a noite. Breve chegará o dia em que Satsuko terá de substituir a enfermeira Sasaki durante suas ausências e passar a noite ao meu lado, não me canso de desejar e esperar intimamente.

E então, hoje, o meu desejo se concretizou casualmente: às seis da tarde, Sasaki veio me dizer que tirava a noite de folga e se foi para junto dos filhos. Momentos depois, e terminado o jantar, minha velha sentiu-se mal e acabou deitando-se na sua saleta. Muito naturalmente, a função de me atender no banho e no quarto coube a Satsuko. Para cuidar de mim durante o banho, ela vestia uma camisa polo azul com estampa da Torre Eiffel e uma calça três quartos modelo toureador, sua silhueta me parecendo maravilhosamente esguia e sedutora. Talvez seja apenas impressão, mas percebi que ela hoje esfregou-me as costas com maior cuidado. Senti sua mão tocando inúmeros pontos do meu corpo, em torno do pescoço, os ombros, os braços. Findo o banho, mandou-me de volta para o quarto dizendo:

— Espere um pouco, vovô. Vou para aí em seguida. Quero tomar uma chuveirada também.

Retornou então para a sala de banhos. Fiquei esperando no quarto durante quase trinta minutos. Presa de estranha agitação, continuei sentado na cama. Logo, ela surgiu pela porta de vaivém, desta vez vestindo um robe de crepe rosa-salmão e calçando chinelinhos de cetim com bordados de peônia, aparentemente importados da China.

— Demorei? — perguntou.

No mesmo instante, a porta que dá para o corredor se abriu e a empregada Oshizu entrou carregando uma poltrona de vime do tipo dobrável.

— Não vai dormir ainda, vovô? — indagou Satsuko.

— É o que vou fazer neste instante. E você, o que pretende mandando instalar essa poltrona no meu quarto?

— Vou me sentar nela e ler um pouco. Sei que o senhor costuma dormir cedo, vovô, mas eu não vou conseguir pregar os olhos por algum tempo.

Desdobrou a poltrona transformando-a numa *chaise longue* e se deitou, abrindo em seguida o livro que trouxera consigo. De longe, me pareceu ser um livro de francês. Um pano sobre o abajur impedia que a luz batesse em meu rosto. Pelo jeito, ela também não queria deitar-se na cama de Sasaki e por isso se dispusera a dormir na poltrona.

Resolvi então seguir-lhe o exemplo. Tenho o meu quarto minimamente refrigerado, apenas o suficiente para não me doer a mão. O calor e a umidade nos últimos dias andam excessivos, de modo que os médicos e a enfermeira me aconselharam a usar o condicionador de ar, que serviria também para eliminar parcialmente a umidade ambiente. Fingindo dormir, fiquei observando o bico pequeno e pontudo do chinelinho que espiava da borda do roupão de Satsuko. É raro encontrar pés tão delicados e afunilados em japonesas.

— Ainda acordado, vovô? Não o ouço roncando. A enfermeira Sasaki me disse que o senhor ronca mal pega no sono.

— Não consigo dormir, não sei por quê.

— Não será porque estou aqui?

Riu baixinho ao ver que eu não lhe respondia.

— Não se excite, pode lhe fazer mal — disse. E logo: — Não quer tomar Adalin, por prevenção?

É a primeira vez que Satsuko se mostra coquete comigo. Suas palavras realmente me excitam.

— Não é o caso — respondo.

— Vou lhe dar, mesmo assim.

Descubro mais um prazer enquanto ela se afasta em busca do remédio.

— Pronto, vamos tomar. Duas drágeas devem ser suficientes.

Despeja dois comprimidos do frasco que segura na mão direita no pratinho que sustenta com a mão esquerda. Vai em seguida para a sala de banhos e me traz um copo de água.

— Abra bem a boca. Não se constranja, eu lhe dou o remédio.

— Por que no prato? Pegue na mão as drágeas e ponha-as na minha boca — peço.

— Vou lavar as mãos, nesse caso — diz ela, desaparecendo na sala de banhos e retornando em seguida.

— Você vai acabar derramando a água, se me der do copo... Dê-me boca a boca, que tal?

— Não, senhor! Estou lhe oferecendo a mão, mas não é para querer o braço inteiro!

Jogou o remédio na minha boca com um movimento brusco e me deu habilmente a água do copo. Eu pretendia fingir que a droga surtira efeito e que dormia, mas acabei pegando no sono de verdade.

24 DE JULHO

Fui duas vezes ao banheiro durante a noite, às duas e às quatro da madrugada, aproximadamente. Satsuko havia dormido realmente na *chaise longue*, conforme eu previra. Tinha deixado cair o livro de francês no chão e apagado o abajur. Lembro-me a custo das duas idas ao banheiro, atordoado como estava pelo sonífero. Pela manhã, desperto como sempre às seis horas.

— Já acordou, vovô?

Imaginei que Satsuko fosse continuar dormindo mais algum tempo, pois costuma sair tarde da cama. Mal porém ouviu-me movendo, soergueu-se bruscamente.

— Ora, não pensei que *você* estivesse acordada — comentei.

— No final, quem não dormiu direito fui eu.

Ergui a persiana e, no mesmo instante, Satsuko fugiu para o banheiro: pelo jeito, não gosta que a vejam mal-amanhada.

Perto das duas da tarde — depois de vir do meu gabinete e de dormir cerca de uma hora — encontrava-me ainda na cama, olhos abertos, sem pensar em nada, quando a porta da sala de banhos se entreabriu repentinamente e Satsuko meteu a cabeça pelo vão. Só a cabeça. O resto do corpo não era visível. A água lhe escorria pelo rosto e da touca plástica que lhe protegia os cabelos. O ruído do chuveiro me chegou aos ouvidos.

— Perdoe-me a saída brusca desta manhã. Estou tomando uma chuveirada. Imaginei que estivesse tirando a sesta e resolvi espiar — disse-me ela.

— Hoje é domingo, não é? Jokichi não está em casa?

Sem responder à minha pergunta, continuou:

— Eu nunca tranco esta porta, mesmo durante o meu banho. Ela pode ser aberta a qualquer momento.

Não entendi a razão do seu comentário. Estaria ela tentando me dizer: "Sei que o senhor não vai entrar porque o seu banho é sempre às nove da noite", ou "Confio no senhor", ou "Entre, eu lhe mostro se quiser", ou ainda, "Não dou a mínima importância a velhos senis"?

— Jokichi está em casa, sim. E bastante feliz, programando um churrasco no jardim — acrescenta.

— Quem vem?

— Haruhisa, o senhor Amari e talvez alguns de Tsujido.

Depois daquele incidente, Kugako não há de aparecer nesta casa por muito tempo, tenho certeza. Na melhor das hipóteses, virão as crianças.

25 DE JULHO

Ontem, cometi a maior imprudência. O churrasco no jardim começou às seis e meia da tarde aproximadamente. Faziam tamanha algazarra e pareciam divertir-se tanto que fiquei com vontade de me misturar àquela gente moça. "Não o aconselho a sentar-se na grama a esta hora, vai resfriar-se, tenho certeza", alertou-me a velha, tentando dissuadir-me do propósito, mas Satsuko me convidou:

— Venha ficar um pouco conosco, vovô!

Eu não tinha nenhuma vontade de provar o carneiro, nem as asas ou as coxas de frango que todos devoravam, essas carnes não me apetecem. O que eu queria na verdade era verificar em que termos se relacionavam Satsuko e Haruhisa. Cerca de trinta minutos depois de me integrar ao grupo, porém, comecei a sentir o frio subindo-me das pernas para o quadril, na certa por culpa da minha velha que, com suas advertências, me pusera em estado de espírito particularmente sensível. Ela devia ter comentado alguma coisa com a enfermeira, pois logo Sasaki também apareceu no jardim para me admoestar. Como sempre, a situação me levou a teimar e não me levantei de imediato, mas a sensação de frio se intensificava. Minha velha, que me conhece muito bem, jamais insiste nessas horas. Sasaki porém demonstrou tamanha preocupação que me ergui e, depois de persistir por outros trinta minutos no jardim, voltei para o quarto.

Meus problemas, porém, não tinham terminado. Por volta das duas horas desta madrugada, acordei sentindo um incômodo prurido na uretra. Corri ao banheiro e, ao esvaziar a bexiga, noto que a urina está turva, branca como leite. Nem dez minutos depois de voltar para a cama, torno a sentir vontade de urinar. O prurido também persiste. O processo se repete cerca de cinco vezes, mas consigo finalmente superar o mal-estar graças a quatro comprimidos de Sinomin e à bolsa de água quente sobre o canal uretral que a enfermeira providencia.

Faz já alguns anos que sofro de prostatomegalia: às vezes, a urina fica retida, e tenho de recorrer a uma sonda para esvaziar a bexiga. Ouço dizer também que pessoas idosas têm anurese com frequência. Eu mesmo levo normalmente muito tempo para urinar, o que me deixa em situação constrangedora em banheiros de teatro, por exemplo, quando extensas filas formam-se às minhas costas. O tratamento cirúrgico da prostatomegalia é possível até a altura dos setenta e cinco anos de idade, disse-me alguém. "Tome coragem e faça de uma vez. Posteriormente, você vai experimentar uma indescritível sensação de bem-estar. A urina vai esguichar ruidosamente, vai fazê-lo sentir-se moço outra vez!", insistiu.

Outro me advertiu que a cirurgia era difícil e traumática, e que eu não devia optar por isso. Enquanto me perguntava o que fazer, passaram-se os anos e me parece que estou velho demais para cirurgias. Felizmente, o quadro clínico evoluía bem nos últimos tempos, mas a teimosia de ontem pode ter deitado tudo a perder. Vou ter de me cuidar por algum tempo. O médico me diz que o uso prolongado de Sinomin produz efeitos colaterais, devendo ser restringido a quatro comprimidos, três a quatro vezes ao dia, durante três dias, não mais que isso. Devo, além disso, fazer exames de urina todas as manhãs e tomar medicação homeopática, caso surja uma infecção bacteriana.

Em consequência, sou obrigado a desistir da luta pelo título de peso-mosca no Korakuen. O problema na uretra me pareceu contornado esta manhã e eu até poderia assistir à luta, mas a enfermeira Sasaki não concorda de maneira alguma. "Nem pense em sair à noite!", decreta ela.

— Coitadinho do vovô! Bem, vou indo. Depois eu lhe conto como foi — me diz Satsuko, partindo prontamente.

Não tenho outro recurso senão permanecer em repouso, sendo tratado pelo acupunturista Suzuki. O tratamento, que começa às duas e meia e termina às quatro e meia, é longo demais e cansativo, mas tenho no meio um intervalo de vinte minutos.

As férias escolares chegaram e, em breve, Keisuke partirá para Karuizawa com as crianças de Tsujido. Minha velha e Kugako os acompanharão. "Eu só vou no mês que vem, cuidem do Keisuke por mim", pede-lhes Satsuko. Jokichi também irá no próximo mês: ele pretende tirar dez dias de férias nessa época. Senroku, meu genro de Tsujido, também acha que poderá ir para lá nesse período. Haruhisa não vai, o trabalho na emissora de TV lhe toma muito tempo. "Produtores artísticos têm razoável tempo livre durante o dia, mas são explorados durante a noite, entendem?", vive ele dizendo.

26 DE JULHO

Nos últimos tempos, venho cumprindo a seguinte rotina diária: pelas manhãs, levanto-me mais ou menos às seis horas. Antes de mais nada, vou ao banheiro. No momento da micção, recolho algumas gotas iniciais num tubo esterilizado. Em seguida, lavo os olhos com uma solução de ácido bórico. Depois, bochecho e gargarejo cuidadosamente com água e bicarbonato. Lavo as gengivas com Colgate clorofilado. Ponho a dentadura. Caminho cerca de trinta minutos no jardim. Deito na prancha e me submeto à tração cervical. As sessões já são agora de trinta minutos. Faço a refeição matinal. Só esta é trazida para o meu quarto. Um copo de leite, uma torrada com queijo, suco de legumes, uma fruta, uma xícara de chá-preto. E uma cápsula do complexo vitamínico Alinamin. Leio em seguida o jornal no gabinete, faço anotações no meu diário e, caso ainda me sobre tempo, leio um livro. As anotações no meu diário tomam quase sempre a manhã inteira, vez por outra ocupando-me também a tarde e a noite. Às dez da manhã Sasaki surge em meu gabinete para medir-me a pressão. Uma vez a cada três dias ela me aplica 50 ml de vitamina (IM). Almoço na saleta de refeições, quase sempre só uma porção de macarrão frio e uma fruta. Da uma às duas da tarde, faço a sesta no meu quarto. Três vezes por semana, às segundas, quartas e sextas, o acupunturista Suzuki vem me tratar das duas e meia até as quatro e meia. Das cinco em diante, e por trinta minutos, retomo a tração cervical. Das seis em diante, volto a caminhar pelo jardim. Sasaki me acompanha todas as manhãs e tardes. Vez ou outra, Satsuko. Janto às seis e meia. Uma tigela rasa de arroz com diversos acompanhamentos, já que me aconselharam dieta variada. Idosos e moços têm gostos diferentes, de modo que os cardápios ao jantar são múltiplos, ajustados à preferência de cada membro da família. São também servidos em horários diferentes. Depois de jantar, fico no gabinete e me entretenho ouvindo o rádio. Não leio à noite para não prejudicar a vista. Dificilmente assisto à televisão.

Não consigo esquecer as palavras que Satsuko deixou escapar dois dias atrás, na tarde do dia 24. Eram cerca das duas da tarde daquele dia, eu acabara de acordar da sesta e ainda estava na cama, de olhos abertos, sem pensar em nada, quando Satsuko meteu a cabeça pela porta da sala de banhos e me disse:

— Nunca tranco esta porta, mesmo quando estou tomando banho. Esta passagem está sempre livre, entende?

Não sei se proferidas casual ou intencionalmente, o fato é que suas palavras despertaram um vivo interesse em mim. Naquele dia, o churrasco e, no seguinte, a doença e o consequente repouso a que me vi submetido me impediram de agir, mas a verdade é que não cessei de pensar nelas o tempo todo. Esta tarde, acordei da sesta às duas horas e fui num primeiro momento ao meu gabinete, retornando às três para o quarto. Nos últimos tempos, e se está em casa, Satsuko sempre toma banho nesta hora, sei disso. Experimento empurrar a porta furtivamente. Não está trancada, conforme previ. Ouço a água do chuveiro correndo.

— Que quer, vovô?

Eu havia tocado de leve na porta, que mal balançara, mas Satsuko percebera. Apavorei-me. No momento seguinte, porém, tomei coragem e enfrentei a situação.

— Resolvi verificar se era ou não verdade que você nunca trancava esta porta — declarei, metendo eu também só a cabeça para dentro da sala de banhos. Seu corpo nu debaixo do chuveiro estava cercado pela cortina de plástico branco com listras verdes.

— Era mentira, por acaso?

— Não.

— E por que continua parado nesse lugar? Entre de uma vez!

— Posso?

— Quer entrar, não quer?

— Embora não tenha nada a fazer...

— Olhe aí, cuidado! Não se excite ou acabará levando um tombo! Calma, calma.

O tablado de madeira tinha sido erguido e o ladrilho estava molhado. Entro pisando cuidadosamente e fecho a porta às minhas costas. Ela exibe ora um ombro, ora um joelho ou um pé pela abertura da cortina.

— Se não tem nada a fazer, vou lhe arrumar um serviço — diz ela.

O chuveiro para de correr. De costas para mim, ela expõe parte do dorso pela fresta da cortina.

— Pegue essa toalha e me enxugue as costas, por favor. Cuidado com a água que vai escorrer da minha cabeça, ouviu?

Algumas gotas espirram em mim no momento em que ela remove a touca de banho.

— Não enxugue com tanta delicadeza, use mais força nas mãos! Ah, sua esquerda não anda boa, esqueci-me.

Use a direita, nesse caso, e esfregue a toalha com toda a força, vovô.

Num rápido movimento, agarro-lhe os ombros por cima da toalha, aplico os lábios na carne saliente do ombro direito e sorvo a água com a língua. No segundo seguinte, levo uma sonora bofetada.

— Velhinho impertinente!

— Mas eu estava certo de que isto, ao menos, me fosse permitido!

— Pois errou! Não permito jamais! Vou contar para o Jokichi!

— Perdão, perdão.

— Saia já daqui! — comandou ela, mas acrescentou: — Olhe aí, cuidado! Não perca a calma ou escorregará. Vá devagarinho.

Quando enfim alcancei a porta, senti dedos macios me empurrando suavemente para fora. Sentei-me na cama e descansei alguns minutos. Não tardou muito, Satsuko surgiu. Usava o já conhecido robe de crepe e parou, os chinelinhos com peônias bordadas espiando sob a barra.

— Me desculpa, vovô?

— Ora, não foi nada...

— Doeu?

— Não, mas me assustei um pouco.

— Tenho o hábito de esbofetear os homens por qualquer motivo. Quando vi, já tinha feito.

— Foi o que eu imaginei. Me pergunto quantos homens já passaram por essa experiência em suas mãos...

— Mas eu não devia nunca ter batido no senhor, vovô. Que pecado!

28 DE JULHO

Ontem, a sessão de acupuntura me impediu. Hoje, apuro os ouvidos para os sons na sala de banho às três da tarde. A porta não está trancada. Ouço o chuveiro correndo.

— Entre. Estava à sua espera. Perdoe o que lhe fiz anteontem.

— Ah, agora sim! Eu tinha certeza de que você se desculparia.

— Ai-ai, como as pessoas ficam descaradas depois de velhas...!

— Aliás, acho até que mereço uma compensação pelo tapa de anteontem.

— Está brincando?! Pelo contrário, quero que me prometa nunca mais tentar nada parecido.

— Ao menos um beijo no pescoço me devia ser permitido!

— Pescoço, não!

— Onde, então?

— Nenhum lugar. Passei o dia inteiro enojada, com a sensação de ter sido beijada por uma lesma.

— E se o beijo fosse de Haruhisa? — perguntei, depois de uma breve pausa.

— Quer um bofetão de verdade, quer? Da outra vez eu me contive, fique sabendo.

— Pois não precisava se conter.

— A minha mão é das mais flexíveis, vovô. Quando bato para valer, os olhos chegam a saltar, de tanta dor.

— Vem ao encontro dos meus mais caros anseios.

— Ah, velhinho transviado, vovô *terrible*!

— Deixe-me perguntar mais uma vez: onde, se não posso no pescoço?

— Abaixo do joelho, e uma única vez, está bem? Só encoste os lábios, não use a língua.

Um pé e a respectiva canela espiaram pela fresta da cortina, que lhe ocultava o resto do corpo e o rosto.

— Isto mais me parece uma consulta médica — reclamei.

— Bobinho!

— Beijar sem usar a língua é pedir demais, não é?

— Quem falou em beijo? Só estou lhe permitindo tocar-me com os lábios! Uma atividade à altura dos seus anos, vovô.

— Você não podia ao menos desligar o chuveiro enquanto conversamos?

— Não, não posso. O chuveiro tem de estar ligado para eu poder lavar o pé logo em seguida. Se demorar, vou ficar com nojo.

Tive a impressão de que me davam água a beber, só isso.

— E por falar em Haruhisa — continuou ela —, tenho um pedido a lhe fazer.

— Que pedido?

— Os últimos dias têm sido muito quentes, e Haruhisa vem passando mal. Ele diz que gostaria de tomar banho neste chuveiro e me pediu para lhe perguntar se pode.

— Eles não dispõem de salas de banho lá na TV?

— Dispõem, mas estão separadas. Uma, só para os artistas, e outra, para os demais. Haruhisa diz que é muito sujo, não dá vontade de tomar banho lá. Quando não suporta mais o calor, vai às termas Tóquio, em Ginza. Ele diz que seria ótimo se pudesse usar o nosso chuveiro e solicita a sua permissão, já que a emissora não fica longe daqui.

— Você mesma pode resolver esses pequenos problemas, Satsuko, não precisa pedir a minha autorização a cada vez.

— Na verdade, dias atrás eu o deixei usar este chuveiro em segredo. Mas Haruhisa disse que não é certo fazer as coisas às escondidas.

— Eu mesmo não me importo, mas, se prefere, peça permissão à vovó.

— Peça o senhor por mim. Tenho medo da vovó.

Ela fala por falar. Na realidade, preocupa-se muito mais comigo do que com a minha velha. O assunto envolve Haruhisa, eis a razão por que ela sentiu a necessidade de me alertar...

29 DE JULHO

Às duas e meia da tarde, tem início a sessão de acupuntura. Deito-me de costas sobre a cama e o senhor Suzuki, o acupunturista cego, senta-se numa cadeira ao meu lado para ministrar o tratamento. Ele próprio se encarrega das pequenas tarefas, como retirar o estojo da maleta e desinfetar as agulhas com álcool, mas há sempre um assistente em pé às suas costas, à sua inteira disposição. Até o momento, não percebo nenhuma melhora nem na sensação de frio, nem na de insensibilidade que me atormentam a mão.

Cerca de trinta minutos já se tinham passado quando Haruhisa entra repentinamente em meu quarto pela porta que dá para o corredor.

— Vou incomodá-lo só por instantes, tio. Sei que estou sendo rude entrando em seu quarto no meio do tratamento, mas vim lhe agradecer por acatar o pedido que fiz por intermédio de Satsuko. Resolvi aproveitar de imediato a sua permissão, vindo hoje mesmo usar o seu chuveiro.

— Ora, para que tanta formalidade? Venha quantas vezes quiser, nem precisa me pedir.

— Muito obrigado. Não quero abusar da sua bondade, mas acho que virei realmente muitas vezes, se bem que não todos os dias, é claro... Noto que o senhor anda bem-disposto nos últimos tempos, tio.

— Qual, dia a dia mais caduco! Satsuko vive me repreendendo.

— Nada disso, Satsuko sempre elogia a sua disposição, meu tio.

— Está brincando?! Só consigo me manter vivo com a ajuda destes tratamentos.

— Não acredito. Ainda tem muitos anos de vida pela frente, tio. Bem, acho que já o incomodei bastante. Vou agora cumprimentar a minha tia e irei embora em seguida, com sua licença.

— Deve ser duro trabalhar neste calor. Descanse um pouco.

— Agradeço a sua bondade, mas não posso me dar a esse luxo.

Depois que Haruhisa se foi, Oshizu entra com uma bandeja. Hora de descanso. Hoje, temos pudim e chá-preto gelado. Passados os minutos de descanso, retomo o tratamento, que termina às quatro e meia.

Durante a sessão eu tinha outras coisas em mente.

Deve haver algo por trás desse pedido de Haruhisa. Sugerido por Satsuko, talvez. Hoje, por exemplo, não teria ele vindo intencionalmente durante o meu tratamento? Não teria ele imaginado que, desse modo, se livrava da obrigação de jogar conversa fora, frente a frente com um velho? Eu já o ouvira comentar que tinha muito trabalho à noite, mas que os seus eram dias razoavelmente livres. Se esse era o caso, Haruhisa deverá vir tomar banho sempre nalgum momento entre o começo e o fim da tarde, mais ou menos no mesmo horário em que Satsuko toma o dela. Em outras palavras, hora em que estou no meu gabinete ou no quarto, sendo tratado pelo acupunturista. E aquela porta não vai ficar destrancada enquanto ele toma banho, é claro. Não estaria Satsuko arrependida, imaginando ter estabelecido um mau hábito?

Mais uma coisa me chama a atenção. Depois de amanhã, ou seja, no dia primeiro de agosto, minha velha, Keisuke, Kugako e seus três filhos, assim como a empregada Osetsu, partirão os sete para Karuizawa. Jokichi irá no dia 2 para a região de Kansai, retornará no dia 6 e, a partir do dia 7, pretende também passar cerca de dez dias em Karuizawa. Nessa época, então, me parece que os acontecimentos tomarão um rumo muito conveniente para Satsuko. Pois ela já declarou que irá a Karuizawa algumas vezes no decorrer do próximo mês, com breves estadas de apenas dois a três dias de cada vez. "Sei que a enfermeira Sasaki e Oshizu vão ficar em Tóquio, mas mesmo assim me preocupa deixar o vovô sozinho para trás. E não quero ficar em Karuizawa muitos dias seguidos porque a água lá é sempre gelada, não consigo nadar na piscina. Prefiro uma boa praia", diz ela. Agora, tenho de encontrar um jeito de ficar também em Tóquio.

— Vou primeiro, vovô. E você, quando segue? — pergunta minha velha.

— Ainda não decidi. Uma vez que comecei, talvez seja melhor não interromper o tratamento de acupuntura.

— Mas você mesmo reclamou que não surte efeito! Faça uma pequena pausa, ao menos neste período de calor mais intenso.

— Pensando bem, acho que começo a sentir alguma diferença nos últimos dias. E só se passou um mês desde que comecei, será uma pena interromper a esta altura.

— Quer dizer que não irá a Karuizawa este ano?

— Nada disso. Vou, mas mais tarde.

E assim, escapo da inquisição a duras penas.

Capítulo 3

5 DE AGOSTO

O acupunturista Suzuki aparece às duas e meia da tarde e inicia o tratamento em seguida. Pausa para o descanso às três e pouco. Oshizu entra com refrescos: sorvete de café moca e chá-preto gelado. No momento em que ia se retirando, pergunto casualmente:

— Haruhisa não veio?

— Veio, mas parece-me que já se foi, senhor — responde ela algo evasivamente, e se retira.

Comer, para um cego, é tarefa demorada. O assistente lhe dá o sorvete às colheradas, pausadamente. E, nos intervalos, o chá.

— Desculpem-me alguns instantes — digo eu. Levanto da cama, vou até a porta da sala de banhos e giro a maçaneta. A porta está trancada, não se move. Finjo então que vou ao banheiro e, de lá, saio no corredor. Do corredor, tento entrar na sala de banho. A porta se abre. Dentro, não há ninguém. Contudo, encontro a camisa esporte, as calças e as meias de Haruhisa abandonadas no cesto de roupas. Abro a porta de vidro do compartimento de banho. Está vazio, não há dúvida. Descerro até as cortinas de plástico e espio, mas não encontro ninguém. Noto apenas que o piso e as paredes estão encharcados. Maldita Oshizu, mentiu para não se comprometer! Mas aonde terá ele ido? E Satsuko? Quando fui verificar se não estariam no bar da sala de jantar, dou de cara com Oshizu que, vindo pelo corredor, preparava-se para subir as escadas transportando dois copos e Coca-Colas numa bandeja.

Oshizu empalidece instantaneamente e para no pé da escada. A mão que sustenta a bandeja treme. Eu também me atrapalho. Estou em situação tão embaraçosa quanto ela, eu não devia estar vagando por ali naquela hora.

— Haruhisa não tinha ido embora, afinal — digo em tom propositadamente alegre, fingindo despreocupação.

— Pois é, senhor. Pensava que já tivesse, mas...

— Entendi.

— ... ele estava lá em cima, refrescando-se um pouco...

Dois copos e duas garrafas de Coca. Os dois estão se "refrescando" lá em cima. Uma vez que as roupas estão jogadas no cesto, ele deve estar vestindo um *yukata* neste momento. E quem me garante que ele tomou o banho sozinho? Há um quarto de hóspedes no andar de cima, mas onde estarão eles? Que ele tome emprestado um *yukata* nestas circunstâncias é até compreensível, mas por que tinha ele de subir ao andar superior se a sala de visitas, a sala de estar e a saleta de chá estão disponíveis cá embaixo, agora que a minha velha viajou? Conclusão: os dois na certa calcularam que, das duas e meia às quatro e meia, hora do meu tratamento, eu jamais sairia do meu quarto.

Observei Oshizu subir as escadas e retornei em seguida às pressas para o meu quarto.

— Espero não ter demorado demais — disse eu, deitando-me de novo na cama. Não havia ficado nem dez minutos fora do quarto. O acupunturista mal acabara de tomar o seu sorvete.

A sessão reinicia-se. Meu corpo terá de ficar aos cuidados do senhor Suzuki pelos próximos quarenta e cinco minutos. Às quatro e meia, o acupunturista se vai e eu retorno ao gabinete. Bastava apenas Haruhisa ter descido as escadas com cuidado e se ido antes desta hora, mas seus planos sofreram ligeiro revés: eu tinha surgido no corredor de modo inesperado e, pior ainda, topara com Oshizu. Caso porém Oshizu e eu não nos tivéssemos trombado de frente, aqueles dois por certo não se teriam dado conta de que eu lhes descobrira o segredo. Analisando por este aspecto, posso até afirmar que o fato de ter-me encontrado com Oshizu representou um golpe de sorte para eles. Analisando por outro, mais maldoso, posso supor que Satsuko, sabendo que eu desconfiava dela, previa a possibilidade de que eu saísse ao corredor para espionar. Ela teria então me oferecido intencionalmente uma oportunidade, tramando em linhas gerais o encontro ao pedir as Cocas à empregada. Segundo esse raciocínio, ela pode ter imaginado: ponho o velho a par da situação, pois ele poderá até tornar-se meu aliado; e já que é assim, quanto mais cedo ele souber, mais rápido ele se conformará e maior consideração estarei demonstrando por ele.

— Por que se apavora desse jeito? Tenha calma e saia pela porta da frente de cabeça erguida — sou até capaz de ouvi-la dizendo para Haruhisa.

Descanso das quatro e meia até as cinco horas. Das cinco às cinco e meia, tração cervical. Descanso das cinco e meia às seis. A visita do andar de cima já se foi a esta altura, ou melhor, antes ainda de terminar a sessão de acupuntura. Satsuko não dá mais o ar de sua graça, talvez porque tenha saído com ele, ou porque, depois desta, sente-se constrangida de me enfrentar e se trancou no andar de cima. Hoje, só a vi na hora do almoço. (Desde o dia 2, tenho tido a oportunidade de fazer as refeições sozinho com ela na sala de jantar.) Às seis, Sasaki aparece para o passeio no jardim. Quando me preparava para descer da varanda, Satsuko materializou-se de repente ao meu lado.

— Pode deixar, enfermeira. Hoje, eu o acompanho — disse.

— A que horas Haruhisa se foi? — pergunto, mal chego ao caramanchão.

— Logo depois.

— Logo depois de quê?

— De tomar a Coca-Cola. Eu disse a ele: para que ir embora tão cedo? O vovô já sabe mesmo...

— Tamanho homem com medo.

— Ele me pediu com insistência para que lhe explicasse a situação direito, não quer que o senhor o interprete mal.

— Vamos mudar de assunto, está bem?

— Se quer fazer mau juízo, faça, não me importo. Mas insisto: apenas o convidei a subir porque lá em cima é mais ventilado, e lhe ofereci uma Coca, só isso. Os antigos logo maliciam nessas situações. Jokichi me compreenderia, tenho certeza.

— De um jeito ou de outro, isso não tem importância, realmente.

— Como "não tem importância"?

— Pois agora, deixe-me perguntar: acaso não seria você que está me interpretando mal?

— Como assim?

— Supondo, apenas supondo, que você e Haruhisa tenham feito algo mais além de tomar Coca-Cola, não me passa pela cabeça questionar sua atitude, entende?

Satsuko calou-se com uma expressão estranha.

— Nunca diria qualquer coisa nem à minha velha, nem ao Jokichi. Guardaria o segredo para mim.

— Está me sugerindo que eu faça esse algo mais, vovô?

— Talvez esteja.

— O senhor está louco.

— Talvez esteja. Como é que uma pessoa com a sua esperteza foi perceber só agora?

— De onde tira essas ideias?

— Não estou mais em condições de fruir os prazeres de uma aventura amorosa, de modo que quero, em troca, induzir outras pessoas a se envolverem nessas aventuras e me divertir observando-as.

— Sei, está desesperado porque já não lhe resta nenhuma esperança...

— E também porque estou um pouco enciumado. Tenha dó de mim.

— Bela argumentação. Posso até ter pena do senhor, mas não vou me sacrificar só para lhe dar um prazer, vovô.

— Quem falou em sacrifícios? Afinal, você também se diverte enquanto isso, não é mesmo? Aliás, o seu prazer deve ser muito maior que o meu. Coitado de mim.

— Cuide-se para não levar outro tabefe, vovô!

— Não vamos mais nos enganar mutuamente, está bem? E por falar nisso, não precisa ser só com Haruhisa, Amari também serve, ou qualquer outro.

— Por que é que a nossa conversa descamba sempre para esse nível quando estamos no caramanchão? Vamos andar um pouco, vamos. Ficar parado lhe faz mal para as pernas e também para a cabeça. Olhe, a enfermeira Sasaki está nos observando da varanda.

A alameda é estreita, mal dá para duas pessoas andarem lado a lado. Além disso, arbustos de *hagi* que cresceram demais dificultam a caminhada.

— Cuidado com os ramos, são capazes de tolher as suas pernas. Apoie-se em mim.

— E se andássemos de braços dados?

— De que jeito? O senhor é muito baixo, vovô.

Satsuko, que até então caminhara do meu lado esquerdo, passou repentinamente para o direito.

— Dê-me a bengala. Agora, apoie-se aqui com a mão direita.

Assim dizendo, ela me ofereceu seu ombro esquerdo e, usando a bengala, passou a afastar a vegetação do meu caminho.

6 DE AGOSTO (CONTINUAÇÃO)

— Diga-me: que sente Jokichi por você ultimamente?

— Eis aí uma pergunta que *eu* gostaria de fazer a ele. E o senhor, que acha, vovô?

— Não faço ideia. Aliás, me esforço para não pensar em Jokichi.

— Pois eu também. Ele não me diz nada quando pergunto, acha o assunto muito aborrecido. De qualquer modo, uma coisa é certa: já não me ama mais.

— Que aconteceria se você arrumasse um amante?
— Se arrumar, arrumou, esteja à vontade, me disse ele... Parecia estar brincando, mas acho que, na brincadeira, dizia a verdade.
— É o orgulho ferido. Qualquer marido nessa situação reagiria do mesmo modo.
— Me parece que Jokichi arrumou outra mulher. Pelo jeito, ela tem um passado parecido com o meu, trabalha numa boate qualquer. Eu disse a Jokichi que não me importava de lhe conceder o divórcio se me deixasse visitar Keisuke quando eu quisesse. Me respondeu que nem pensava em se divorciar porque tinha pena de Keisuke e, acima de tudo, do senhor, vovô, que ficaria triste demais se eu me fosse desta casa.
— O idiota!
— Não parece, mas Jokichi o conhece muito bem, vovô. E olhe que eu não contei nada a ele.
— Afinal, é meu filho, não é?
— Que hora para demonstrar devoção filial, não?
— Ele não quer é perdê-la, essa é a verdade. Não passo de um pretexto nessa história.

Para ser franco, não sei quase nada de Jokichi, meu filho mais velho e herdeiro da casa Utsugi. Poucos pais devem existir no mundo que ignorem tão completamente seu precioso herdeiro. Sei que Jokichi se formou em economia pela Universidade de Tóquio e que foi trabalhar na Pacific Plastic. Contudo, não sei direito que tipo de atividade ele exerce na firma. Ouvi dizer que a empresa compra matéria-prima de resina sintética de fornecedores como a Mitsui Chemicals e produz filmes fotográficos e de polietileno, assim como artigos de polietileno moldado: baldes, tubos de maionese, etc. Há uma fábrica na área de Kawasaki, e a matriz situa-se em Nihonbashi. E é ali, no departamento de vendas, que ele trabalha. Parece-me que em breve será promovido a diretor, mas não faço ideia de quanto é o seu salário ou o seu abono. Futuramente, ele herdará todos os bens da casa Utsugi. No momento, porém, o chefe da família sou eu. Ele parece contribuir com uma pequena quantia para as despesas da casa, mas é ainda a renda proveniente do meu patrimônio imobiliário e dos dividendos das minhas ações que cobre quase tudo. As despesas domésticas eram controladas até há pouco pela minha velha, mas Satsuko vem se encarregando disso de uns tempos para cá. Diz a minha velha que Satsuko, apesar de tudo, é atilada em matéria de cálculos, e confere todos os valores cobrados por nossos fornecedores. Vez ou outra, vai pessoalmente à cozinha, abre a geladeira e examina o seu conteúdo, de modo que as empregadas tremem de medo ao ouvir-lhe o nome. Satsuko gosta de novidades e, no ano passado, mandou instalar um triturador de pia na cozinha. Pois eu já a vi recriminando duramente a empregada Osetsu por ter jogado no triturador uma batata-doce que, no entender de Satsuko, era ainda perfeitamente aproveitável.

— Se estava estragada, você podia tê-la dado ao cachorro. Estou achando que vocês se divertem jogando as coisas lá dentro. Eu não devia nunca ter comprado esse triturador — dizia ela, arrependida.

Segundo a minha velha, Satsuko economiza cada tostão da verba destinada aos gastos mensais e embolsa todo o saldo, faz todos passarem aperto, enquanto ela própria vive à larga, como uma rainha. Já a vi mandando Oshige fazer cálculos no ábaco, mas quase sempre é ela mesma que faz. O imposto é calculado pelo contador, mas quem se entende com ele é Satsuko. E, embora seus deveres de dona de casa tomem grande parte do seu tempo, ela aceita quaisquer incumbências e as cumpre com rapidez e eficiência. Este aspecto da sua personalidade deve com certeza ser do agrado de Jokichi. Hoje em dia, Satsuko tem as próprias bases solidamente implantadas na estrutura da família Utsugi, constituindo-se, nesse sentido, numa presença indispensável para Jokichi.

Na ocasião em que a minha velha se opôs ao casamento dele com Satsuko, Jokichi havia retrucado:

— Embora a senhora faça pouco do seu passado de corista, tenho certeza de que Satsuko tem grande aptidão para gerenciar uma casa, sou capaz de intuir esse tipo de habilidade nela.

Não acredito que Jokichi seja dotado de capacidade premonitória, ele apenas fazia suposições. Mas depois de efetivamente recebida no seio do nosso lar na condição de mulher do nosso filho, Satsuko começou a demonstrar sua grande competência, para surpresa de todos. A própria Satsuko devia desconhecer esse talento até então.

Confesso agora com franqueza nunca ter imaginado que o casamento fosse durar muito, apesar de haver concordado com ele. Jokichi era, segundo eu imaginava, volúvel como o pai, suas paixões ateando-se e arrefecendo-se com igual facilidade, como aquelas da minha juventude. Hoje, porém, não posso definir meu filho de modo tão simplista. Sei apenas que Jokichi era muito apaixonado por Satsuko na época em que se casaram, mas nem tanto atualmente. Eu porém a acho ainda mais bonita agora do que antes. Dez anos já são passados desde o dia em que ela veio para a minha casa, e sua beleza só faz aumentar com o correr dos anos, especialmente depois do nascimento de Keisuke. Atualmente, ela perdeu aquele seu ar de corista. No entanto, é capaz de exibir, em intermitentes lampejos, essa imagem passada somente quando está sozinha comigo. Nos velhos tempos em que Jokichi e Satsuko ainda se amavam, é provável que ela fizesse o mesmo quando a sós com ele. Não me parece, porém, que isso continue acontecendo. Pode ser que, hoje em dia, o meu filho valorize mais a sua capacidade de gerenciar a economia doméstica, e que, por isso, ache pouco interessante perdê-la. Quando lhe interessa fingir, Satsuko tem o ar digno e competente de uma excelente dona de casa. Fala e se move com vivacidade, age com uma eficiência quase afrontosa e, ainda assim, consegue mostrar-se bondosa e cativante, mantém as pessoas presas ao seu encanto. Essa é a impressão que as pessoas têm de Satsuko, e isso parece deixar meu filho muito orgulhoso. Ele dificilmente se separará dela. Mesmo que Satsuko venha a se envolver em alguma aventura amorosa, Jokichi provavelmente fingirá ignorância, basta que ela interprete direito o papel que dela é esperado.

7 DE AGOSTO

Jokichi retornou ontem à noite de sua viagem a Kansai e parte esta manhã para Karuizawa.

8 DE AGOSTO

Tiro a sesta da uma às duas da tarde, e continuo na cama à espera do acupunturista. Ouço então uma batida na porta da sala de banhos, e uma voz dizendo:
— Vou trancar isto aqui.
— Ele vem?
— Vem — responde Satsuko, mostrando-se rapidamente e batendo a porta em seguida, fechando-se do outro lado. Tive apenas um vislumbre do seu rosto, que me pareceu estranhamente frio e hostil. Pelo jeito, ela já havia tomado banho, pois a água escorria da touca de plástico.

9 DE AGOSTO

Depois da sesta, continuo no quarto, muito embora hoje não seja dia de acupuntura.
Ouço outra vez as batidas na porta e:
— Vou fechar isto aqui.
Hoje, Satsuko está trinta minutos atrasada em comparação a ontem. E não se mostra nem uma vez. Pouco depois das três, experimento girar sorrateiramente a maçaneta. A porta continua trancada. Na hora da tração, às cinco, ouço Haruhisa passando pelo corredor e me dizendo, à guisa de cumprimento:
— Obrigado pela chuveirada, tio. Não sabe como isso me tem feito bem.
Não consigo vê-lo. Bem que eu gostaria de observar com que cara diz tais impertinências.

Durante o passeio pelo jardim, às seis da tarde, pergunto à enfermeira:

— Satsuko não está em casa?

— Não sei ao certo, mas me pareceu que o Hillman saía há pouco — responde Sasaki.

Foi confirmar com Oshizu e voltou em seguida:

— A senhora saiu mesmo, conforme pensei.

10 DE AGOSTO

Faço a sesta entre uma e duas da tarde. Depois disso, os acontecimentos do dia 8 se repetem.

11 DE AGOSTO

Hoje não é dia de acupuntura. Contudo, os fatos não se sucedem do mesmo jeito que no dia 9.

Em vez de me avisar: "Vou fechar a porta", Satsuko me diz: "Está aberta", e se mostra inesperadamente bem-humorada. Ouço o ruído do chuveiro.

— Ele não vem?

— Não. Pode entrar.

De modo que entro. Ela já se havia ocultado atrás da cortina.

— Hoje, vou deixar que me beije.

O chuveiro cessa de correr. Da fresta da cortina emerge a perna.

— De novo como numa consulta médica?

— De novo. Nada acima do joelho, ouviu? Em troca, desliguei o chuveiro, não desliguei?

— É algum tipo de compensação? Se for, é barata demais.

— Se não quer, pode desistir. Não o estou forçando a nada.

Depois, acrescentou:

— Vou-lhe dar permissão para usar a língua, além dos lábios.

Assumo a mesma posição do dia 28 de julho e pouso os lábios na barriga da perna, na mesma área anterior. Saboreio-a lentamente com a língua. Tem quase o gosto de um beijo. Percorro com os lábios desde a panturrilha até o calcanhar. Para minha surpresa, ela não reclama. Me deixa agir à vontade. Minha língua explora o dorso do pé e alcança a ponta do dedão. Ponho-me de joelhos, pego o pé nas mãos, ergo-o e encho a boca com o dedão e os dois dedos seguintes. Pressiono os lábios contra o arco plantar. A planta do pé molhada tem uma expressão sedutora, quase fisionômica.

— Por hoje basta — decide Satsuko.

A água começa a correr do chuveiro molhando-lhe o pé, a minha cabeça e o meu rosto...

Às cinco, a enfermeira Sasaki aparece para me avisar que é hora da tração.

— Ora, seus olhos estão avermelhados! — diz ela.

De uns anos para cá meus olhos se congestionam com frequência e, mesmo em condições normais, a área branca se mostra rosada. Se observo cuidadosamente o entorno das pupilas, percebo vasos finos e vermelhos, anormalmente numerosos, correndo sob a córnea. Preocupado com a perspectiva de uma hemorragia em vasos retinianos, submeti-me a exames certa vez, mas não foi constatada nenhuma alteração na pressão além da que normalmente é esperada em idosos. Contudo, a verdade é que, quando os olhos se congestionam, o pulso está rápido e a pressão arterial, alta. A enfermeira logo tomou-me o pulso.

— Os batimentos cardíacos estão acima de noventa. Aconteceu alguma coisa, senhor? — pergunta.

— Nada especial.

— Deixe-me medir-lhe a pressão.

Obriga-me a deitar no sofá do gabinete. Depois de me manter dez minutos em repouso, aplica um torniquete em meu braço com uma mangueira de borracha fina. Não consigo ver o aparelho, mas, pela fisionomia da enfermeira, tenho uma ideia do que se passa.

— Não está se sentindo mal, senhor?

— Não. A pressão está alta, por acaso?

— Duzentos.

Quando Sasaki fala desse jeito é quase certo que está acima de duzentos. Duzentos e cinco ou seis, ou acima de 220, com certeza. Essa leitura não me assusta tanto quanto aos médicos, pois a minha pressão arterial chegou a 245 em diversas oportunidades anteriores. Já me conformei com a ideia de que pode me acontecer o pior numa dessas situações.

— Quando medi esta manhã, a pressão era de 145 por 83, tudo corria muito bem. Qual seria a razão desta alta repentina? É estranho! O senhor acaso fez esforço para evacuar fezes duras?

— Não.

— Alguma coisa deve ter-lhe acontecido. É estranho, muito estranho...

Sasaki sacode a cabeça, em dúvida. Eu sei muito bem o que causou tudo isso, mas não digo, é claro. A sensação daquele arco plantar ainda permanece em meus lábios, não consigo esquecê-la mesmo que tente. A pressão deve ter alcançado a marca máxima no instante em que enchi minha boca com os três dedos do pé de Satsuko. Senti meu rosto em fogo e o sangue me subindo instantaneamente para a cabeça. Imaginei, é verdade, que sofreria um ataque apoplético naquele momento. É agora que vou morrer, é agora, pensei. Eu acreditava estar preparado para esta situação, mas, no momento em que pensei: "Vou morrer", senti medo apesar de tudo. Fiz então um grande esforço para me acalmar, convenci-me de que não podia me excitar e, mesmo assim, não parei de sugar-lhe os dedos. Ao contrário: quanto mais pensava em parar, mais eu sugava, num desespero insano. Vou morrer, vou morrer, pensava, sempre sugando. Medo, excitação e prazer alternavam-se em meu íntimo em surtos agudos. Dores semelhantes às de um ataque cardíaco comprimiram-me o peito violentamente... Mais de duas horas são passadas desde aquele momento, e a pressão não se normalizou.

— Vamos desistir da tração por hoje. E será melhor guardar repouso, senhor — decreta Sasaki, conduzindo-me à força para o quarto e deitando-me na cama.

Às nove da noite, Sasaki torna a aparecer com o aparelho de pressão na mão.

— Deixe-me medir outra vez, senhor.

Por sorte, a pressão havia voltado ao normal: 150 por 87.

— Ah, ótimo! Que alívio, senhor. Há pouco, o senhor tinha 223 por 150!

— Essas coisas podem acontecer de vez em quando, enfermeira.

— Essas coisas não podem acontecer nem de vez em quando, senhor, é um perigo! Por sorte, o fenômeno foi passageiro.

O alívio não foi só da enfermeira. Para falar a verdade, eu me sentia mais feliz que ela. "Escapei por pouco!", pensei. Ao mesmo tempo, começo a achar que, nesse passo, posso repetir a loucura outras vezes. Sem querer me comparar a Satsuko e seu gosto por *thrillers* eróticos, deste grau de risco não posso abrir mão nem que morra disso acidentalmente.

12 DE AGOSTO

Haruhisa apareceu às duas da tarde e deve ter ficado cerca de duas ou três horas. Satsuko sai logo depois do jantar. Foi assistir a *O punguista*, com Martin La Salle, no Scala. Depois, vai nadar na piscina do Hotel Prince. Imagino-a num maiô cavado, com os ombros e costas alvos iluminados por holofotes.

13 DE AGOSTO

Torno a experimentar meu *thriller* erótico. Hoje, meus olhos não ficaram congestionados. A pressão também me parece normal. Estou quase desapontado. Sinto falta daquela excitação que me congestiona os olhos e me eleva a pressão acima de duzentos.

14 DE AGOSTO

Jokichi retorna sozinho de Karuizawa. Amanhã, segunda-feira, volta a trabalhar.

16 DE AGOSTO

Satsuko diz que foi nadar ontem em Aoyama. Explica que não teve oportunidade de ir à praia neste verão por ter ficado em casa cuidando de mim, e precisava bronzear-se um pouco. Ela é de uma brancura caucasiana, de modo que fica vermelha quando se queima. Há uma marca rubra em forma de V na área que vai do pescoço para o peito, contrastando admiravelmente com o branco da área ventral, coberta pelo maiô. E foi aparentemente para exibir esse detalhe que ela me convocou à sala de banhos, hoje.

17 DE AGOSTO

Parece-me que, hoje, Haruhisa esteve aqui de novo.

18 DE AGOSTO

Mais uma aventura erótica perigosa. Um pouco diferente, contudo, das dos dias 11 e 13. Hoje, Satsuko me surgiu calçando sandálias de salto e foi para o chuveiro com elas.

— Por que está usando essas sandálias? — pergunto.

— Nos espetáculos de nudismo do Music Hall, as mulheres entram nuas e calçando este tipo de sandália. Achei que pudesse atraí-lo, vovô, já que o senhor tem fixação por pés. Dá até para ver a sola do pé de vez em quando...

Nada de mais até esse ponto. Mas um novo incidente ocorreu em seguida.

— Que acha de me fazer *necking* hoje, vovô?

— E o que é um *necking*, precisamente?

— Não sabe? Pois não acabou de fazer no outro dia?

— Você quer dizer, o beijo no pescoço?

— Isso mesmo. *Necking* é uma modalidade de *petting*.

— E agora, o que é um *petting*? Nunca aprendi essa palavra em inglês.

— Ai, ai, como são problemáticos estes velhinhos! Significa acariciar o corpo inteiro. Existe também a expressão *heavy petting*. Tenho até de lhe dar aulas de linguagem moderna, vovô?!

— Quer dizer que posso beijá-la neste pedaço?

— Agradeça, ouviu?

— Do fundo do meu coração! Só que não sei a razão de tanta bondade e começo a temer as consequências.

— Isso mesmo, vovô, prepare-se! Espere e verá.

— Pois quero ver primeiro.

— Não, vamos ao *necking* antes.

Cedi à tentação. Por mais de vinte minutos, executei do jeito que bem quis o que convencionaram chamar de *necking*.

— Pronto. Agora o tenho onde quero. Não admito recusa — disse Satsuko.

— Qual é afinal a exigência?

— Cuidado, não vá se assustar e cair sentado.

— Vamos, fale de uma vez.

— Tem uma coisa que eu quero muito, faz algum tempo.

— Já não lhe disse para falar de uma vez?

— Um olho-de-gato.

— Olho-de-gato? A pedra preciosa, você quer dizer.

— Isso mesmo. Não pequena, mas bem grande, dessas usadas por homens. Na verdade, já achei a que eu quero na galeria do Hotel Teikoku. Tem de ser essa.

— Quanto custa?

— Três milhões de ienes.

— Como é?

— Três milhões de ienes.

— Está brincando!

— Não, não estou.

— Não disponho de tanto no momento.

— Mas eu sei que o senhor pode arrumar essa quantia com facilidade. Até já disse à vendedora que passo dentro de dois ou três dias para comprá-la.

— Nunca pensei que um *necking* custasse tão caro.

— Em troca, pode fazer quantos quiser de hoje em diante.
— Um simples *necking*? Ainda se fosse um beijo de verdade...
— Vejam só! Quem é que há pouco se declarou grato do fundo do coração por isso?
— Em que bela enrascada fui me meter. Que diremos, se a velha descobre?
— Não sou estúpida a ponto de deixar que isso aconteça.
— De qualquer modo, o golpe é duro. Não torture um pobre velho desse jeito.
— O senhor se queixa, mas precisa ver a sua cara de felicidade!

Ela provavelmente falava a verdade.

19 DE AGOSTO

O noticiário informa que um ciclone se aproxima. Talvez seja por isso que a dor na mão e a dificuldade de caminhar aumentam. Tomo, três vezes ao dia, três pílulas de Dolosin, o remédio que Satsuko comprou para mim. Graças a isso, a dor diminui. Esta droga é de uso oral e, talvez por isso, não sinto o mal-estar residual do Nobulon. Contudo, é da família das aspirinas e provoca intensa sudorese, o que não deixa de ser desagradável.

No começo da tarde, o acupunturista Suzuki me liga. Avisa que não virá porque receia ser apanhado pelo ciclone a caminho para cá. Está certo, mando dizer, e me dirijo do quarto para o gabinete. De repente, Satsuko entra no aposento.

— Vim receber o que me prometeu. Sigo logo depois para o banco e, de lá, direto para o hotel.
— Vai sair com o ciclone se aproximando?
— Vou, antes que o senhor mude de ideia. Quero ver aquela pedra no meu dedo o mais rápido possível.
— Nunca deixo de cumprir o que prometo, não se preocupe.
— Amanhã é sábado e, se eu dormir demais, não vou pegar os bancos abertos. Não dizem que o que é bom depressa acaba?

Eu planejava usar esse dinheiro de outro modo.

A minha família vivia na rua do Esgoto, em Honjo, há algumas gerações, mas na do meu pai, mudamo-nos para o bairro Yokoyama-cho, na região de Nihonbashi. Eu ainda era pequeno, de modo que não me lembro em que ano isso se deu. E foi só depois do grande terremoto de 1923 que mandamos construir esta casa na área de Mamiana, em Azabu. Quem mandou construir a casa foi meu pai, que faleceu em 1925, quando eu tinha quarenta e um anos de idade. Minha mãe o seguiu poucos anos depois, em 1928. Eu disse que meu pai mandou construir a casa em Azabu, mas, na verdade, havia aqui uma outra mais antiga que, segundo ele imaginava, teria pertencido a Haseba Sumitaka, o líder do partido Seiyukai no período Meiji. Conservou-se, então, uma pequena parte dessa velha edificação, e reformou-se o restante. Meus pais escolheram passar a velhice na ala antiga, apreciando a tranquilidade do bairro. Depois da guerra e das destruições decorrentes, a casa teve de passar por nova reforma. Contudo, o fogo havia poupado miraculosamente a ala antiga, de modo que ela permanece em pé até os dias de hoje. Está aos pedaços, inutilizada, ninguém mora ali. Penso em destruí-la e construir no local uma casa em estilo moderno que se transformaria em refúgio nosso, meu e de minha velha. A isso, porém, minha velha vem se opondo até agora. Alega que não devemos nos dar pressa em destruir a casa que foi o último refúgio dos meus saudosos pais, quer preservá-la pelo maior espaço de tempo possível. Do jeito que fala, não vejo limite para esse tempo, de modo que pretendia impor a minha vontade e acionar os demolidores muito em breve. A residência atual acomoda perfeitamente toda a família, mas é inconveniente para os pecadilhos que planejo cometer num futuro próximo. Com a desculpa de construir nosso refúgio, pretendo distanciar ao máximo meu quarto e gabinete dos aposentos da minha velha, e mandar fazer, ao lado do quarto dela, um banheiro para o seu uso exclusivo, assim como uma nova sala de banhos revestida de madeira, com a desculpa de que, assim, o conjunto se tornará mais funcional para ela. Enquanto isso, a minha sala de banhos será toda azulejada, e provida de um chuveiro.

— Para que construir duas salas de banho novas? Acho um desperdício. Não se importe comigo, eu continuarei tomando os meus banhos na atual, com a enfermeira e a Oshige — diz minha velha.

— Ora, você também tem direito ao conforto na sua idade, minha velha. Um dos poucos prazeres que nos restam na velhice é tomar um longo banho em paz.

Planejei os detalhes com cuidado, de modo que ela se enfurnasse o maior tempo possível em seu quarto e não perambulasse por todos os cantos da casa. E já que estávamos nisso, queria também reformar a ala principal, desfazendo o andar superior e transformando a casa em térrea. A execução dessa parte do plano, porém, tornou-se impossível, não só porque foi rejeitada por Satsuko, como também porque me faltou verba. Conformei-me portanto em construir apenas a ala destinada a mim e à minha velha. Os três milhões de ienes que Satsuko visara eram parte da quantia que eu destinava para essa reforma.

— Estou de volta — disse Satsuko. Tinha o ar triunfante de um general vitorioso.

— Comprou?

Sem responder diretamente à pergunta, mostrou-me em silêncio a joia na palma da mão. Uma pedra maravilhosa, sem dúvida alguma. Fui obrigado a reconhecer que o sonho de uma casa nova se transformara num pequeno ponto sobre uma palma macia.

— Quantos quilates? — pergunto, pondo por minha vez a joia na minha mão.

— Quinze.

Como sempre, a mão esquerda começa a me doer agudamente. Tomo três drágeas de Dolosin às pressas. Vejo a expressão exultante no rosto de Satsuko e a dor me dá um prazer quase insuportável. Isto é infinitamente melhor do que construir uma ala nova.

20 DE AGOSTO

O Ciclone 14 se aproxima afinal trazendo vento e chuva fortes. Apesar de tudo, parto para Karuizawa conforme havia programado. Satsuko e Sasaki me acompanham. Sasaki vai no vagão de segunda classe. Preocupada com o tempo, ela insistia em que eu adiasse a partida para amanhã, mas nem Satsuko nem eu concordamos. Estávamos ambos em disposição feroz: que venha o ciclone! Era a pedra exercendo seu feitiço.

23 DE AGOSTO

Eu planejava retornar hoje para Tóquio com Satsuko, mas a minha velha insiste que eu adie a partida e que viajemos juntos: as aulas das crianças estavam para recomeçar, de modo que todos abreviariam a estada e voltariam para casa amanhã, dia 24. O prazer de viajar outra vez a sós com Satsuko se evapora.

25 DE AGOSTO

Hoje, eu devia reiniciar a tração cervical, mas resolvo abandonar o tratamento porque não vejo resultados. No final do mês, vou interromper também as sessões de acupuntura... À noite, Satsuko parte prontamente para o ginásio Korakuen.

1º DE SETEMBRO

Estamos no 210º dia[8], mas nada de mau acontece. Jokichi voa para Fukuoka a trabalho, e lá permanecerá cinco dias.

3 DE SETEMBRO

Percebo com clareza que estamos realmente no outono. Depois de uma tromba-d'água repentina, o céu clareia agradavelmente. Satsuko fez um belo arranjo de flores para o meu gabinete, com crista-de-galos e talos de milhete, e outro para o vestíbulo, com as sete flores silvestres representativas do outono. Muda também o quadro da parede. Este é um poema em estilo chinês de autoria de Nagai Kafu.

> *Sete vezes o outono me achou*
> *Em Azabu onde me fixei.*
> *Velha árvore de muitos invernos*
> *O lado oeste da casa me protege.*
> *Feliz, dez dias me ocupo em tarefas:*
> *Varro folhas, arejo livros e a roupa de inverno.*

Em minha opinião, Kafu deixa um pouco a desejar como calígrafo ou compositor de poemas em estilo chinês. Sou, contudo, um dos muitos assíduos leitores de seus romances. Obtive o quadro que pende da parede de um certo marchand,

---

[8] O dia aqui referido é 210º do ano a contar do início da primavera, data em que grandes desgraças se sucedem, conforme antiga superstição. [N.T.]

tempos atrás. Não tenho porém muita certeza de que se trata de um autêntico Kafu, pois é sabido que existiu no passado um exímio forjador das suas obras caligráficas. Kafu morou muito tempo numa casa de madeira em estilo ocidental a que chamava de "mansão do excêntrico", no bairro de Ichibe, bem perto daqui. Isso explica o verso "Sete vezes o outono me achou / Em Azabu onde me fixei".

4 DE SETEMBRO

Por volta das quatro horas desta madrugada, ouço em meio à leve modorra um grilo cricrilando nalgum lugar. Crii, crii, o som me chega quase inaudível, mas persistente. É outono, época dos grilos, sei disso, mas estranho o fato de ouvir um deles dentro do meu quarto. Eu os ouço às vezes no meu jardim, porém, nunca da cama. Teria um deles entrado no quarto por alguma fresta?

Recordações da minha infância me vêm à mente sem querer. Eu devia ter seis ou sete anos, e ainda morava na rua do Esgoto. Deitado nos braços da minha ama de leite, eu ouvia muitas vezes um grilo cricrilar além da varanda. Ele talvez se ocultasse à sombra do degrau de pedra que levava ao jardim ou debaixo da varanda, e o seu cricri era de uma esplêndida pureza. Sempre solitário, invariavelmente. Contudo, esse único inseto fazia-se ouvir de forma espantosamente nítida, emitindo um som cristalino que parecia insinuar-se ouvido adentro.

Era então que minha ama me dizia:

— Está ouvindo o grilo, meu bem? O outono já chegou.

E continuava:

— Ele não parece estar dizendo: "Que friiio, que friiio"? Quando você ouvir essa voz, é sinal de que estamos no outono.

No mesmo instante eu sentia, talvez sugestionado por suas palavras, um ventinho gelado penetrando pela manga do meu quimono branco de dormir. Eu detestava essa roupa, áspera e rijamente engomada, que me obrigavam a usar para dormir, assim como o seu cheiro de goma, adocicado e levemente nauseante, lembrando matéria em decomposição. O cheiro, o cricri do grilo e a gélida sensação das manhãs de outono são lembranças da minha distante infância que me restaram na memória, unidas e inseparáveis. Assim é que, ao ouvir um grilo na madrugada, revivem em mim, mesmo hoje, aos setenta e sete anos, o cheiro daquela goma, as palavras da minha ama de leite e a sensação áspera do quimono engomado em minha pele. Com a mente vagando na terra dos sonhos, vejo-me outra vez na casa da rua do Esgoto, ainda em minha cama e nos braços da minha ama.

Esta manhã, contudo, dou-me conta, conforme vou despertando aos poucos e a minha consciência se firma, que esse cricri soa sem dúvida alguma dentro do quarto em que ora me deito, lado a lado com a enfermeira Sasaki. Seja como for, é estranho. Esse inseto não podia estar cricrilando dentro do meu quarto. Aliás, eu não poderia ouvi-lo nem que estivesse lá fora, já que as janelas e a porta estavam fechadas. Contudo, ali estava ele, criii, criii.

— Como pode? — penso eu, apurando os ouvidos mais uma vez.

Ah, agora entendi, é isso, então!, digo-me nesse momento. Presto atenção outra vez, mais uma vez, diversas mais. É isso, sem dúvida alguma, é isso!

O que eu imaginara ser um grilo nada mais era que o som da minha própria respiração. A baixa concentração de umidade atmosférica desta época do ano e um resfriado em evolução haviam me ressecado por completo a garganta, provocando esse suave criii, criiii, a cada inspiração ou expiração. Não sei ao certo se o som é produzido na garganta ou no fundo do nariz, mas é quase certo que provém dessa região durante a passagem do ar. E como não conseguia imaginar-me fonte desse cricrilar, percebia o som como algo externo ao meu corpo. Não era possível que o meu corpo produzisse um ruído tão gracioso, o cricri tinha forçosamente de ser um grilo. Experimento inspirar e expirar algumas vezes e vejo que o cricrilar soa coincidentemente. Acho graça e testo de novo algumas vezes. Se inspiro forte, o som se fortalece, assemelhando-se ao de uma flauta.

— Acordou, senhor? — pergunta-me a enfermeira, soerguendo-se na cama.

— Tem ideia de onde provém este som, enfermeira? — indago por minha vez, produzindo o cricri.

— Da sua garganta, senhor.

— Ora, você sabia...

— Claro! Eu o ouço todas as manhãs.

— Está me dizendo que eu faço isso todas as manhãs?

— Como?! O senhor não sabia?

— Não. Há algum tempo venho tendo a impressão de ouvir esse barulho pelas manhãs, mas imaginei que se tratasse de um grilo...

— Não se trata de grilo, é a sua garganta. Acontece à maioria das pessoas idosas. Quando se envelhece, a garganta se resseca e provoca um ruído semelhante ao de uma flauta a cada respiração.

— Ah, você sabia, então...
— Ultimamente, eu o ouvia todas as manhãs. Um cricri suave, engraçadinho.
— Quero que minha velha também ouça.
— Há muito ela já o ouviu!
— Se Satsuko souber disso, vai rir com certeza.
— E quem lhe disse que a senhora Satsuko não sabe, senhor?

5 DE SETEMBRO

Esta madrugada, tive um sonho com a minha mãe, um acontecimento raro no cotidiano deste filho ingrato. Talvez decorresse daquele outro, no amanhecer de ontem, com o grilo e a minha ama de leite. Minha mãe me surgiu com a aparência mais jovem e mais bela dentre todas que retenho na memória. Não sabia ao certo onde estávamos, mas aquela era sem dúvida a minha mãe dos tempos da rua do Esgoto. Ela vestia o seu costumeiro quimono de sair, em padrão miúdo e tonalidade cinza e, sobre ele, um *haori* preto de seda *chirimen*. Não consigo saber aonde pretendia ir, ou em que aposento da casa se encontrava. Havia extraído a cigarreira e a piteira das dobras do *obi* e, aparentemente, acabado de tirar algumas baforadas, donde concluo que se sentava na sala de estar. De uma hora para outra, porém, já a vejo fora do portão, andando com um par de tamancos forrados, sem meias nos pés. Um adorno e uma bolinha, ambos de coral, assim como um pente de tartaruga incrustado de madrepérola enfeitam-lhe os cabelos, arrumados em bandós presos no alto da cabeça. Embora eu veja tantos detalhes do penteado, não sou capaz de lhe discernir o rosto claramente, não sei por quê. Como todos os antigos, minha mãe, com seu metro e meio de altura, era muito baixa, esta talvez sendo a razão por que meu olhar se focaliza em sua cabeça. Seja como for, era a minha mãe, eu sabia disso. Para o meu pesar, porém, ela não se volta nenhuma vez para mim, nem me dirige a palavra. Nem eu lhe digo nada, talvez por pressentir que ouviria uma bela reprimenda, caso dissesse. Imaginei que ela estava a caminho de Yokoami, onde tínhamos parentes. Vi-a com tanta nitidez por apenas um minuto, o resto do sonho transformando-se em imagens vagas e confusas.

Mesmo depois de acordar, continuei algum tempo rememorando as imagens maternas vistas em sonho. Num distante dia ensolarado por volta de 1894, minha mãe andara, talvez, diante da minha casa e me vira, ainda menininho, na rua. E tinha sido sem dúvida essa impressão de um único dia longínquo que revivera esta madrugada. Estranho foi, porém, que só ela me apareceu jovem, enquanto eu mesmo era o velho de hoje. Eu era mais alto que ela, e a contemplava de cima para baixo. Ainda assim, pensava em mim como uma criancinha e, nela, como a minha mãe daqueles tempos. Estávamos também na rua do Esgoto, em torno de 1894. Sonhos são assim mesmo, incongruentes.

Minha mãe chegou a conhecer o neto Jokichi que eu lhe dei. Contudo, faleceu em 1928, quando Jokichi tinha cinco anos de idade, e não chegou a conhecer Satsuko, a mulher que o neto desposou, é claro. Se minha mãe fosse viva à época em que Satsuko e Jokichi se casaram, posso imaginá-la opondo-se fortemente ao enlace, uma vez que até a minha mulher — pessoa de uma geração posterior — tanto se opôs. Não tenho dúvida de que esse casamento não teria se realizado. Ou melhor, não se teria sequer cogitado a união do neto dela com uma ex-corista. Mas o casamento não só se realizou como também eu, o filho, sucumbi ao feitiço da mulher do neto, e obtive permissão para lhe fazer *petting* em troca de uma joia, desperdiçando três milhões de ienes. Se tal acontecimento chegasse ao conhecimento da minha mãe, ela por certo desfaleceria de susto. E caso meu pai também fosse vivo, tanto eu como Jokichi seríamos indiscutivelmente deserdados. E que acharia minha mãe da beleza de Satsuko, caso a visse?

Em sua juventude, minha mãe foi famosa por sua beleza. Lembro-me bem da aparência dela desses tempos. Sua beleza conservou-se inalterada até a época em que fiz meus quinze ou dezesseis anos. Trago agora à mente essa imagem e a comparo com a de Satsuko: a diferença é espantosa! Satsuko também é considerada uma beldade, razão por que Jokichi a desposou. Contudo, entre essas duas mulheres igualmente belas, e entre 1895 e hoje, 1960, o físico do povo japonês sofreu incríveis transformações. Minha mãe também tinha pés bonitos. Vejo porém os pés de Satsuko e percebo que são dois tipos de beleza totalmente diversos. Não consigo sequer imaginar que pertençam a indivíduos de uma mesma raça, a duas mulheres igualmente japonesas. Os pés da minha mãe eram mimosos e pequenos, caberiam na palma da minha mão. Ela andava com tamancos forrados, voltando para dentro as pontas dos pés. (Por falar nisso, minha mãe vestia no sonho um *haori* formal de seda preta sobre o quimono, mas não usava condizentes meias nos pés. Teria ela pretendido mostrar-me os pés nus?) No período Meiji, todas as mulheres, belas ou não, caminhavam com as pontas dos pés voltadas para dentro. O andar delas assemelhava-se ao de gansos. Satsuko tem pés delicados, finos e delgados. Vangloria-se de que não se ajustam nos sapatos de molde raso e largo, comumente usados pelas japonesas. Minha mãe, ao contrário, tinha pés largos. Lembro-me sempre deles quando vejo os pés da imagem de Kanzeon Fuku'ukenjaku, venerada no Santuário Sangatsu, de Nara. Mulheres do período Meiji tinham também baixa estatura, como minha mãe. Não raro se encontravam mulheres com menos de um metro e meio de altura. Sou nascido nesse período e, portanto, baixo: mal tenho 1,56 m. Satsuko porém é quase seis centímetros mais alta, tem 1,61 m de altura.

A maquiagem daqueles tempos também diferia muito da atual, além de mais simples. Mulheres casadas com mais de dezessete ou dezoito anos costumavam raspar as sobrancelhas e tingir de preto os dentes, costume que ainda persistia em minha infância, muito embora tenha caído de uso por volta de 1890. Lembro-me ainda hoje do cheiro de ferro, característico do líquido usado para tingir os dentes. Pergunto-me então o que Satsuko haveria de pensar caso visse minha mãe arrumada desse jeito? Satsuko com seus cabelos ondulados artificialmente, brincos pendendo das orelhas, lábios pintados em tom rosa-coral, rosa-perolado ou marrom-café, sobrancelhas desenhadas com delineador, sombra nas pálpebras, cílios falsos aplicados sobre os naturais para espessá-los e, não contente com o resultado, rímel sobre eles para potencializar a impressão alongada... De dia, lápis marrom--escuro para delinear o contorno dos olhos, de noite, lápis preto e sombra habilmente mesclados para o mesmo fim. Ela maquia as unhas com igual cuidado, descrever em detalhes todo o processo seria para mim provação excessiva. Como teria sido possível à mulher japonesa transformar-se tanto no decurso de sessenta e poucos anos? Penso em tudo isso e me espanto: como foram longos os meses e anos que vivi, quantas transições vivenciei! Que haveria de pensar minha mãe caso viesse a saber que seu filho Tokusuke, que ela pôs no mundo em 1883, não só ainda vive, como também sente uma atração pecaminosa por um tipo como Satsuko — mulher do neto dela, ou, em outras palavras, neta dela, afinal —, obtém prazer no sofrimento que ela lhe inflige e tenta conquistar-lhe as graças, com prejuízo da própria mulher e dos filhos? Teria ela algum dia imaginado que, 33 anos depois da morte dela, seu filho haveria de enlouquecer a esse ponto, ou que ele fosse ter uma tal nora? Não creio, pois nem eu nunca imaginei isso possível.

12 DE SETEMBRO

Por volta das quatro da tarde, Kugako e minha velha entram em meu aposento. Faz algum tempo que Kugako não vem me ver. Ela anda aborrecida comigo desde o dia 19 de julho, quando me recusei a atendê-la. No dia em que viajou para Karuizawa em companhia de Keisuke e da minha velha, por exemplo, ela se encontrou com eles na estação de Ueno para não ter de vir à minha casa. E durante os dias que passamos juntos em Karuizawa, há pouco, fez de tudo para não se avistar comigo. Alguma coisa ela devia ter na mente para me surgir agora no quarto com a minha velha.

— Obrigada por ter permitido que meus filhos usem a sua casa em Karuizawa — disse-me ela à guisa de cumprimento.
— Que a traz aqui? — indaguei abruptamente.
— Nada especial...
— Hum... Seus filhos me pareceram bem-dispostos, parabéns.
— Muito obrigada. Tiveram mais uma ótima temporada de férias, graças ao senhor.
— Estavam tão crescidos que quase não os reconheci. Talvez porque não os veja com frequência...
Foi então que minha velha interveio:
— Mudando um pouco de assunto, Kugako ouviu uns rumores muito interessantes que eu achei de bom aviso levar ao seu conhecimento.
— Ah, sei...
Algo desagradável, com certeza, pensei.
— Lembra-se do senhor Yutani, vovô? — continuou minha velha.
— Aquele que se foi para o Brasil?
— Esse mesmo. E lembra-se também do filho dele, aquele que, no dia do casamento de Jokichi, fez a gentileza de comparecer com a mulher, representando os pais?...
— Como haveria eu de me lembrar dessas minúcias? Seja como for, que houve com esse filho?
— Nem eu me lembro muito bem de tê-lo visto no casamento, mas a verdade é que ele e o marido de Kugako, Hokota, mantêm relações comerciais e se encontram vez ou outra, entende?
— Entendi, entendi. E que tem isso a ver?
— Pois o casal Yutani veio visitar Hokota no domingo passado, alegando que estavam nas proximidades por outros

motivos. Diz Kugako que a mulher de Yutani é muito fofoqueira, e que talvez tenha passado por lá apenas para poder contar-lhe isso.

— Isso o quê?

— Deixo a cargo de Kugako as explicações.

Nesse ponto, as duas, que até então se mantinham em pé diante da espreguiçadeira em que me sentava, resolveram aboletar-se com toda a calma no sofá. Depois, Kugako, que a despeito do fato de ser apenas quatro anos mais velha que Satsuko já tem um indisfarçável ar de matrona, aproveitou a deixa para contar-me o resto. Se a mulher de Yutani é fofoqueira, Kugako nada fica a lhe dever.

— No dia 25 do mês passado, isto é, na noite seguinte à do nosso retorno de Karuizawa, houve uma luta de boxe pelo título de campeão dos pesos-pena no ginásio Korakuen, não houve?

— Como vou saber?

— Pois houve. Foi na mesma noite em que Haruo Sakamoto, o campeão japonês dos pesos-galo, nocauteou o campeão tailandês Silinoi Luckpakris e se consagrou o primeiro campeão mundial japonês de boxe.

Kugako conseguiu pronunciar o exótico nome estrangeiro com incrível fluência. Eu não seria capaz de memorizá-lo prontamente, quanto mais de pronunciá-lo num único fôlego sem morder a língua. Nada como uma fofoqueira para realizar esse tipo de proeza.

— Pois o casal Yutani chegou cedo ao ginásio e assistia às lutas preliminares. A senhora Yutani diz que se sentava numa das primeiras fileiras, e que havia, a princípio, dois lugares vagos à direita dela. E então, quando a luta pelo título estava para começar, uma senhora muito elegante, segurando uma bolsa bege numa das mãos e rodando a chave do carro na outra, veio se aproximando e se sentou ao lado dela. Quem o senhor acha que era?

— ...

— A senhora Yutani diz que só viu Satsuko uma única vez, no dia do casamento dela com Jokichi, quase oito anos atrás e que, portanto, Satsuko, muito compreensivelmente, não devia se lembrar da senhora Yutani: como haveria de tê-la notado no meio de tantos convidados? A senhora Yutani, porém, afirmou que jamais a esqueceria mesmo tendo-a visto uma única vez, pois a beleza de Satsuko, que lhe parecera do outro mundo já naquela época, tinha-se tornado ainda maior. Julgou, contudo, pouco cortês não cumprimentá-la, de modo que ia dizer: "Tenho acaso o prazer de falar com a jovem senhora Utsugi?", quando percebeu mais uma pessoa, desta vez um homem desconhecido, aproximar-se e sentar-se ao lado de Satsuko. Pelo jeito, observou a senhora Yutani, era amigo de Satsuko, pois logo entabulou uma animada conversa com ela, de modo que a senhora Yutani acabou não cumprimentando Satsuko, afinal.

— ...

— Isso agora não tem importância... Bem, não é que não tenha importância, mas deixo à senhora a incumbência de falar com ela, vovó... — continuou Kugako.

— Como não tem importância? Tem, sim, e muita! — interpôs minha velha uma vez mais.

— Como eu ia dizendo, fale a senhora com ela, eu me abstenho disso — continuou Kugako. — Voltando à senhora Yutani, ela me disse que foi o brilho de um anel no dedo de Satsuko que primeiro lhe chamou a atenção. Pois Satsuko sentou-se à direita da senhora Yutani e lhe deixava a mão esquerda bem à vista, entende? Ela avalia que um olho-de-gato daquele tamanho e beleza é raro, devia com certeza ter quinze quilates ou mais. A vovó nunca viu Satsuko usando tamanha joia, nem eu, tampouco. O senhor tem ideia de quando ela comprou esse anel?

— ...

— Lembra-se de que na época em que Kishi era o nosso primeiro-ministro, ele se envolveu num escândalo por causa de um olho-de-gato que comprou na Indochina ou em outro lugar qualquer? Os jornais noticiaram que a pedra custava dois milhões de ienes, não foi? Se essa pedra chega a custar 2 milhões de ienes na Indochina, onde pedras são baratas, no Japão com certeza custaria mais que o dobro. E, nesse caso, a joia de Satsuko deve valer uma pequena fortuna, não acha?

— Quem lhe teria comprado essa preciosidade, e quando? — interveio de novo minha velha.

— O olho-de-gato devia ser muito grande e brilhante, e a senhora Yutani não conseguiu resistir à tentação de examiná-lo diversas vezes, abertamente. Satsuko então talvez tenha ficado constrangida, pois tirou um par de luvas de renda da bolsa e o calçou. Mas em vez de ocultar a pedra, a luva, aparentemente francesa e além de tudo de renda preta, serviu apenas para salientar-lhe o brilho... Luvas de renda preta têm o poder de ressaltar o brilho das joias que se ocultam debaixo delas, o senhor sabe. Satsuko pode muito bem tê-las calçado porque contava exatamente com esse efeito. Eu então observei: "Como conseguiu reparar em tantas minúcias, senhora Yutani?" Pois então, como não haveria ela de reparar se Satsuko lhe estava à direita com o anel na mão esquerda?, respondeu-me ela. E concluiu dizendo que, naquela noite, o anel sob a luva de renda preta chamou tanto a sua atenção que nem conseguiu assistir à luta, imagine o senhor.

Capítulo 4

13 DE SETEMBRO (CONTINUAÇÃO)

— Tenho certeza de que Satsuko não possuía esse anel, vovô.

O inquérito promovido por minha velha se acelera a partir desse ponto.

— ...

— Diga-me: quando foi que você o comprou para ela?

— Isso importa?

— Importa, é óbvio! Antes de mais nada, quero saber como é que você dispunha de tanto dinheiro. Não acabou de recusar um empréstimo a Kugako, alegando que vem tendo muitas despesas nos últimos tempos?

— ...

— As tais despesas eram joias, por acaso?

— Eram.

Minha velha e Kugako perdem a fala, de tão atônitas.

— Estou lhes dizendo que eu tenho dinheiro para dar a Satsuko, mas não para Kugako — disse eu com rudeza para escandalizá-las definitivamente, mas logo me ocorreu uma desculpa conveniente.

— Quando eu disse que queria destruir a ala antiga da casa para construir um refúgio para nós dois, você me contrariou, não foi, vovó?

— Claro, e tive toda razão. Não concordo com esse desrespeito à memória dos seus pais.

— Certo, tenho certeza de que os falecidos a observam do outro mundo e pensam, satisfeitos: "Que nora atenciosa! Quanta consideração por nós!" Seja como for, em virtude disso o dinheiro que separei para a reforma acabou sobrando, entendeu?

— Que sobre, ora! Isso não é motivo para você comprar um anel tão caro para Satsuko!

— Qual o problema? Não estou gastando com estranhos, estou comprando uma joia para a minha preciosa nora! Até meus finados pais diriam: "Muito bem, meu filho, você praticou uma bela ação!"

— Mas se esse dinheiro era o da reforma, deve haver mais de onde ele veio. Você não o gastou todo, gastou?

— Claro que não. O dinheiro da joia é apenas parte dele.

— E o que pretende fazer com o restante?

— O que eu pretendo fazer com o resto não é da conta de ninguém. Não quero ninguém metendo-se em minha vida.

— Ainda assim eu gostaria de saber em que pretende usá-lo, apenas para minha informação.

— Bem, por onde vou começar? Ela me disse que seria muito bom ter uma piscina no jardim, posso começar por aí. Ela vai ficar feliz...

Minha velha emudece e apenas me contempla com os olhos arregalados.

— A construção de uma piscina deve demandar muito tempo, e já estamos no outono... — observa Kugako.

— Aparentemente, a parte mais demorada é a da secagem do concreto. A obra só estará concluída dentro de quatro meses, começando-a agora. Satsuko já levantou todas as informações.

— Quando a piscina ficar pronta, já será inverno.

— E, portanto, não há pressa. Posso começar aos poucos, planejando o término para março ou abril do ano que vem. Mas a verdade é que eu gostaria de aprontá-la quanto antes, só para ver a alegria dela.

Esta última tirada foi capaz de calar também a boca de Kugako.

— Ah, e Satsuko me disse que não quer essas piscininhas que se veem comumente na casa dos outros. A dela precisa ter no mínimo quinze por vinte metros. Se for menor que isso, ela não conseguirá executar o número de nado sincronizado. Ela pretende realizar um solo, só para mim. Em outras palavras, ela quer a piscina apenas para me proporcionar uma alegria, entendem?

— Sabem que mais? Será ótimo ter uma piscina em casa. Keisuke também vai se divertir muito e... — começou dizendo Kugako, mas foi logo interrompida pela minha velha.

— E quem disse que a mãe de Keisuke é do tipo que pensa na felicidade do filho? Nem suas lições de casa ela supervisiona, contratou um estudante para fazer isso por ela! Aliás, nem você, vovô, liga para o neto. Pobre criança.

— Mas uma vez construída a piscina, Keisuke acabará tirando proveito dela, de um modo ou de outro. Assim como os meus filhos, espero — completa Kugako.

— Claro! Traga-os sempre que quiserem!

Kugako conseguiu revidar lindamente, tenho de reconhecer. Não posso proibir Keisuke ou os pirralhos de Kugako de nadar na piscina, é óbvio. Seja como for, as crianças têm aula até a última semana de julho e, em agosto, mando-as para Karuizawa. O problema maior será Haruhisa.

— E quanto custará a construção dessa piscina, por falar nisso? — seria a próxima e inevitável pergunta, eu esperava por ela. Contudo, tanto a inquisidora mais velha quanto a mais nova tiveram as atenções desviadas e esqueceram-se de levantar esta importante questão. Suspirei de alívio. E não era só disso que eu havia escapado. Na verdade, tanto a minha velha como Kugako tinham tido a intenção de encurralar-me aos poucos, levando-me antes de mais nada a confessar o incidente do olho-de-gato. Em seguida, pretendiam sem dúvida alguma referir-se à relação de Satsuko com Haruhisa. Essa última questão era séria, as duas não podiam acusar levianamente, de modo que hesitavam ainda, quando as minhas respostas arrogantes, inesperadas para elas, desconcertaram-nas e as fizeram perder o rumo. De qualquer modo, acho que elas ainda vão voltar ao assunto...

Pelo calendário, este dia 13 é de bons augúrios. Jokichi e a mulher preparam-se para ir ao casamento de um conhecido. Ultimamente, é raro vê-los saindo juntos. Jokichi está de smoking e Satsuko, de quimono semiformal. Apesar de já ser setembro, o tempo continua quente, ela devia ir vestida à moda ocidental. Escolheu, porém, ir de quimono, não sei bem por quê. É raro vê-la assim. Este quimono é de seda *hitokoshi* branca, e tem nas mangas desenhos esbatidos de galhos e árvores pretos, sobre fundo azul-claro. O ajuste frontal, próximo à barra, possibilita vislumbrar o forro do quimono, também azul-claro.

— Como estou, vovô? Vim especialmente para lhe mostrar.
— Vire-se para o outro lado. Agora, dê uma volta.

Obi de brocado. Padrões amarelo e ouro, que lembram os desenhos do ceramista Kenzan, sobre fundo em tom cobalto suave, pespontado de prata. As pontas do nó moderadamente pequeno pendem, mais longas que as usuais. A tira que sustenta o nó é de escumilha de seda branca com manchas rosadas. Uma corda ouro e prata arremata o *obi*. Anel de jade, bolsinha branca de contas na mão esquerda.

— Nada mau. Um belo quimono impressiona. Fez bem em não usar colar ou brincos.

— Já vi que entende do assunto, vovô.

Oshizu entra com uma caixa nas mãos, tira um par de sandálias do seu interior e o dispõe diante de Satsuko, no chão. Ela o calça especialmente para mim, depois de tirar os chinelos que usava. Forradas de brocado prateado, as sandálias são da altura de três solados comuns sobrepostos e têm um toque rosado apenas no lado interno das tiras. Não é fácil calçá-las porque são novas, as tiras precisam ser afrouxadas para permitir a passagem dos dedos. Ajoelhada diante da patroa, Oshizu sua para ajudá-la. Satsuko calça enfim as sandálias e dá alguns passos para me mostrar. Ela tem orgulho dos próprios tornozelos, esguios a ponto de não se notar a protuberância maleolar por cima das curtíssimas meias japonesas. Ela deve ter vestido o quimono e vindo ao meu quarto apenas para me mostrar esse detalhe.

16 DE SETEMBRO

Dias muito quentes vêm-se sucedendo nos últimos tempos. O calor é inusitado, já estamos em meados de setembro. Talvez por conta disso, meus pés incharam, sinto-os pesar. O edema é mais evidente no dorso do pé do que na panturrilha: quando calcado, uma depressão espantosamente funda se forma na área próxima à base dos dedos e custa a desaparecer. O quarto e o quinto dedo do pé esquerdo perderam totalmente a sensibilidade. Vistos por baixo, parecem gordos como bagos de uva. A sensação de peso é intensa na área da panturrilha e do tornozelo, mas ainda piora na planta do pé, onde uma prancha de ferro parece ter-se aderido. O mesmo acontece no pé direito. Quando tento caminhar, as canelas tendem a enredar-se estranhamente. Nunca sou capaz de descer da varanda e calçar os tamancos num único movimento contínuo. Cambaleio invariavelmente e acabo pisando, ainda descalço, primeiro o degrau de pedra e, em seguida, o chão, sujando os pés. Cada uma dessas anormalidades são minhas velhas conhecidas, mas intensificaram-se ultimamente. Preocupam a enfermeira Sasaki, que me faz deitar de costas e dobrar os joelhos diariamente em busca de sinais de beri béri, aparentemente inexistentes.

— O senhor precisa chamar o doutor Sugita e pedir-lhe um exame minucioso. Precisa também de um novo eletrocardiograma, faz já algum tempo que tirou o último. Não gosto nem um pouco desse inchaço em suas pernas — diz-me ela.

Um novo incidente aconteceu esta manhã. Enquanto eu caminhava pelo jardim amparado pela enfermeira Sasaki, o nosso cão da raça collie, que vive normalmente preso no canil, libertou-se de algum modo e saltou sobre mim de surpresa. Na certa pretendia brincar, mas o movimento súbito e imprevisto me espantou, senti-me diante de um animal feroz. Muito antes de esboçar qualquer movimento de defesa, fui derrubado e caí facilmente de costas sobre o gramado. Não doeu quase nada, mas bati a nuca no chão e o choque repercutiu no cérebro. Tentei erguer-me, e não foi fácil: amparei-me na bengala e levei alguns minutos para me aprumar. Depois de me jogar ao solo, o cão saltou diversas vezes sobre a enfermeira, dela arrancando gritos agudos. O alarido chamou a atenção de Satsuko, que acorreu ainda de négligé.

— Quieto, Leslie! — repreendeu-o ela de leve, fitando-o com firmeza. Foi o bastante para que o cão sacudisse a cauda e se tornasse obediente, desaparecendo rumo ao canil no encalço de Satsuko.

— Não se machucou, senhor? — indagou a enfermeira, espanando a barra do meu *yukata* quando enfim me viu em pé.

— Não. Estou velho e alquebrado, nada posso contra um cão desse porte.

— Teve muita sorte em cair sobre a grama...

Tanto eu como Jokichi gostamos de cães, já tivemos alguns em casa anteriormente. Eram porém todos de porte pequeno: airedales, dachshunds e spitzes. Foi só depois do casamento de Jokichi que começamos a criar cães de porte grande. Cerca de seis meses depois de se casar, Jokichi começou a dizer que queria um borzoi, e logo me surgiu com um magnífico exemplar. Contratou em seguida um adestrador e fez com que o cão fosse treinado todos os dias. Contudo, banhos, escovação e refeições do animal representavam um trabalho incrível, e todos, a começar pela minha velha e terminando na criadagem, reclamavam sem cessar. Sem se importar com as queixas, Jokichi obrigou-as todas a prosseguir cuidando criteriosamente do animal, fato que se encontra devidamente registrado no diário daquela época. Posteriormente, porém, dei-me conta de que essa escolha não fora de Jokichi, ele tinha sido levado a isso por Satsuko. Dois anos depois, o cão morreu de cinomose. Satsuko então deu a conhecer quem realmente manipulava os cordões por trás da cena ao dizer que queria um greyhound no lugar do borzoi e ao encomendar um exemplar a um criador. Ela batizou o greyhound de Cooper e o amou desmedidamente: levava-o a passear pela cidade no carro guiado por Nomura, ou andava com ele na correia por todos os lados, de modo que, logo, as más línguas começaram a dizer que Satsuko amava o cão mais que o filho. Aparentemente, porém, o cão já era velho quando lhe foi vendido, pois logo morreu de filaríase. O collie é portanto a sua terceira aquisição. De acordo com o *pedigree*, o pai era de Londres e se chamava Leslie, razão por que resolveu-se dar o mesmo nome ao filho. Devo ter também registrado tudo isso no diário da época. Satsuko devota a Leslie o mesmo carinho que um dia teve por Cooper. Contudo, nestes últimos dois ou três anos, venho ouvindo com insistência cada vez maior dentro de casa a opinião de que seria melhor não termos um cão do porte de um collie, opinião essa secretamente propagada por Kugako e secundada por minha velha, segundo creio.

O argumento da minha velha é o seguinte: "Há dois ou três anos, você ainda tinha certa firmeza nas pernas, não fazia tanto mal que um cão grande lhe saltasse em cima. Hoje, porém, as circunstâncias são outras, mesmo um gato lhe pulando na frente é capaz de derrubá-lo. E o nosso jardim não é inteiramente gramado, existem trechos em declive, degraus e também lajotas marcando caminhos. Que acontecerá se você cair de mau jeito num desses trechos acidentados? Veja o caso do patriarca da casa tal, que foi ao chão, ficou três meses no hospital e ainda está engessado só porque o cão pastor deles lhe atravessou o caminho! O collie tem de ser mandado embora, diga isso a Satsuko. Eu já sugeri isso diversas vezes, mas ela não me ouve, você sabe…"

— Como posso impor tamanha crueldade? Ela ama tanto esse cão…

— Sei disso, mas não se esqueça: o que está em jogo é a sua integridade física.

— E mesmo que se decidisse por mandá-lo embora, como disporíamos de um cão daquele tamanho?

— Sempre haverá alguém que goste de cães e que esteja pronto a recebê-lo, tenho certeza.

— Leslie não é nenhum cãozinho de colo e já atingiu a maturidade, não será fácil adotá-lo a esta altura. Além do mais, também tenho muito carinho por esse cão.

— Você tem é medo de Satsuko! Mas não se esqueça: está a caminho de um sério acidente.

— Convença-a você, nesse caso, vovó. Se Satsuko aceitar, eu mesmo não direi mais nada.

Contudo, a verdade é que nem minha velha tem coragem de enfrentar Satsuko a esta altura dos acontecimentos. Ao imaginar o tamanho da briga que poderá se armar nesta casa motivada por opiniões divergentes sobre o destino do cão, minha velha pensa duas vezes antes de desfraldar a bandeira da guerra, mormente agora que o poder da "patroa nova" vem sobrepujando dia a dia o da "patroa velha".

Confesso que também não gosto muito de Leslie, percebo claramente que apenas finjo gostar dele para cativar Satsuko. Vê-la sair de carro com Leslie não me agrada. Com

Jokichi não me incomoda, é natural, e até me conformo em vê-la sair com Haruhisa. Contudo, não posso sentir ciúmes de um cão, e isso me irrita. Como se não bastasse, este cão tem um ar nobre, uma beleza aristocrática, mais delicada que a de Haruhisa, esse jovem quase preto por excesso de bronzeamento. E Satsuko leva o cão no banco ao lado dela, bem junto a si. Passa até o braço em torno do pescoço dele, junta-lhe a cabeça à dela. Não duvido que os transeuntes sintam repulsa quando a veem.

— Ela não se comporta desse jeito fora de casa, só a vejo fazendo isso na sua frente, senhor — me diz Nomura. Se for verdade, é mais uma maneira de me provocar que ela encontrou.

Por falar nisso, na tentativa de agradar Satsuko, demonstrei certa vez, na sua presença, um carinho que eu na verdade não sentia por Leslie: joguei-lhe um doce pela grade do canil. No mesmo instante Satsuko voltou-se para mim e me repreendeu duramente:

— Que pensa estar fazendo, vovô? Não quero que lhe dê doces sem a minha permissão. Está vendo? Leslie nem come, ele é muito bem treinado.

Depois, Satsuko entrou sozinha no canil, abraçou o cão e o acarinhou ostensivamente, aproximando o rosto do dele e quase chegando ao cúmulo de beijá-lo de verdade.

— Está com ciúmes? — parecia ela me perguntar ao voltar-se para mim e me sorrir friamente, lembro-me bem.

Se for para dar uma alegria a Satsuko, não faz mal que me machuque. E se eu morrer em virtude dos ferimentos, estarei apenas realizando o meu mais caro desejo. Contudo, a ideia de morrer pisoteado, não por ela, mas por um cachorro, me é insuportável.

Às duas da tarde, recebo a visita do doutor Sugita. Ele não tinha de vir hoje necessariamente, mas Sasaki comunicou-lhe sem perda de tempo o incidente envolvendo o cão.

— Ouvi dizer que sofreu um grave acidente — começa ele.

— Não foi tão sério — replico.

— Deixe-me ver, de qualquer maneira.

Ele me manda deitar e me examina pernas e coxas cuidadosamente. A dor nos ombros, cotovelos e joelhos, que parece reumática, é antiga e nada tem a ver com Leslie. Ao que parece, o cão felizmente não me fez nenhum mal. O doutor Sugita me ausculta o coração diversas vezes, examina-me as costas, faz-me respirar fundo, tira um eletrocardiograma com um aparelho portátil.

— Não vejo nada especialmente preocupante. Vou-me embora e mais tarde lhe comunico o resultado final dos exames — avisa.

À noite, recebo o relatório.

— O eletrocardiograma não mostra realmente nenhuma modificação importante. Alguma alteração existe, é claro, mas é normal em pessoas idosas, e não difere daquela verificada anteriormente. Contudo, considero necessário realizar alguns exames de rins — declara o médico.

24 DE SETEMBRO

Sasaki me pede licença para ir ver os filhos esta tarde. Não posso recusar porque sua última folga foi no mês passado. Ela estará de volta amanhã — infelizmente um domingo — pela manhã. Para Sasaki, é vantajoso folgar de sábado para domingo, pois assim vê seus filhos com calma. Eu, porém, tenho de falar com Satsuko antes para saber de sua conveniência. Minha velha se recusa a substituir Sasaki desde julho.

— Dê-lhe a folga. Ela parece tão ansiosa por rever os filhos — diz Satsuko.

— Você realmente não se incomoda?

— Por que pergunta, vovô?

— Amanhã é domingo, esqueceu-se?

— Não, não me esqueci. Mas que tem isso a ver?

— Você talvez não se importe, mas Jokichi andou viajando, não parou em casa nos últimos dias...

— E?...

— Há muito não passa uma tranquila noite de sábado em casa.

— E?...

— No domingo, talvez queira ficar até mais tarde na cama com a mulher.

— Ora, ora, não sabia que o velhinho transviado tinha consideração pelo filho!...

— Tento pagar os meus pecados.

— Não meta o nariz onde não é chamado, vovô. Jokichi com certeza vai considerar inoportuna a sua preocupação.

— Não tenha tanta certeza.

— Pois eu lhe asseguro que não precisa se preocupar. Esta noite, estarei aqui sem falta para substituir a enfermeira Sasaki. Posso perfeitamente ir para o meu marido depois que o senhor acordar, pois sei que gosta de madrugar, vovô.

— Por outro lado, se você entrar muito cedo no quarto, vai tirá-lo de um sono gostoso, o que será uma pena.

— Qual, ele estará bem desperto, à minha espera.
— Eu podia ficar sem ouvir esta...
Tomo banho às nove, deito-me às dez. Como sempre, Oshizu traz a poltrona de vime para dentro do quarto.
— Vai dormir nisso outra vez? — pergunto.
— Não se preocupe com coisas que não lhe dizem respeito e durma de uma vez.
— Essas poltronas de vime são frias, você vai acabar se resfriando.
— Sei disso e providenciei muitos cobertores. Deixe tudo por conta da Oshizu, ela sabe o que faz.
— Jokichi não vai ficar nada contente se você se resfriar. Aliás, não só Jokichi...
— Pare de amolar, vovô! Já vi que precisa daquelas pílulas calmantes outra vez.
— Duas só talvez não surtam efeito...
— Olhe só quem fala! Tomou duas no mês passado e, no minuto seguinte, já dormia como uma pedra. Babava de boca aberta.
— Devo ter ficado com uma aparência horrorosa.
— Deixo por sua conta imaginar como ficou. Por falar nisso, por que é que o senhor não remove a dentadura quando dorme comigo? Sei perfeitamente que a tira todas as noites.
— Realmente, é mais confortável dormir sem a dentadura, mas acentua a minha decrepitude, entende? Embora não me importe que minha velha ou Sasaki vejam...
— Pensa que eu mesma nunca o vi desse jeito?
— E viu?
— Não se lembra de ter ficado quase meio dia inconsciente depois da convulsão do ano passado?
— Ah, daquela vez...

— Tanto faz estar ou não de dentadura! Bobagem sua tentar esconder...

— Não tenho nenhuma intenção de esconder. Tento apenas evitar um desprazer aos outros.

— Bobagem sua achar que, não removendo a dentadura, esconde o quanto é feio.

— Está bem, está bem. Eu a tiro, então... Olhe, esta é a minha cara.

Ergui-me da cama, parei diante dela, tirei a dentadura superior e a inferior e as guardei na caixa sobre o criado-mudo. Em seguida, pressionei fortemente uma gengiva contra a outra, reduzindo ao máximo a altura do rosto. O nariz se achatou e pendeu sobre os lábios. Até chimpanzés têm melhor aparência. Abri e fechei diversas vezes a boca mole e desdentada, bati a língua amarelada contra o céu da boca, fiz de tudo para parecer grotesco. Satsuko ficou imóvel, me olhando em silêncio. Depois, apanhou um espelho na gaveta do criado-mudo e o meteu debaixo do meu nariz.

— Se pensa que me impressiona, engana-se! Mas já se viu alguma vez cuidadosamente? Pois então, veja agora. Olhe, esta é a sua cara — disse ela, posicionando o espelho diante de mim. — Que acha dela?

— Indescritivelmente velha e feia.

Vejo-me no espelho e, em seguida, volto o olhar para Satsuko. Não consigo acreditar que as duas caras pertençam a uma mesma espécie animal. Quanto mais feio acho o reflexo no espelho, mais esse outro ser chamado Satsuko me parece perfeito. Não sem uma ponta de pesar, chego a imaginar que, fosse eu mais feio, talvez mais perfeita ainda Satsuko me parecesse.

— Vamos dormir, vamos, vovô. Vá para lá e deite-se.

— Quero os meus comprimidos de Adalin — pedi, enquanto me encaminhava para a cama.

— Está sem sono?

— Você sempre me excita.

— Como consegue excitar-se depois de ter-se visto no espelho?

— Olhar para você depois de me ver no espelho me excita demais. Aposto que não me entende.

— Não mesmo.

— Estou dizendo que, quanto maior a minha feiura, mais bela você me parece.

Sem prestar muita atenção às minhas palavras, afastou-se em busca do calmante. Quando voltou, trazia um cigarro americano Kool preso entre os dedos.

— Vamos, abra bem a boca. Só dois comprimidos, que é para não se viciar.

— Me dá boca a boca?

— Pense antes na sua cara e depois peça, se ainda for capaz.

Apesar de tudo, pega as pílulas com a ponta dos dedos e as põe na minha boca.

— Desde quando você fuma?

— Nos últimos tempos, venho tirando umas baforadas lá em cima, em segredo.

Um isqueiro brilha, aninhado em sua mão.

— Não gosto muito de cigarros, mas são quase um acessório, entende? O desta noite é para tirar o gosto ruim que me ficou na boca.

28 DE SETEMBRO

Em dias chuvosos, a mão e os pés incomodam mais. Sinto o mal-estar desde um dia antes de chover. Hoje, por exemplo, acordo com a mão formigando e os pés inchados, e tropeço de modo atroz. Não posso sair ao jardim por causa da chuva, mas andar pelo corredor já me é difícil. Cambaleio mal dou alguns passos, posso cair da varanda a qualquer instante. O formigamento se espalha da mão para o cotovelo e chega quase ao ombro, imagino se não acabarei hemiplégico. Depois das seis da tarde, a sensação de frio na mão ainda aumenta. Está insensível, como se a tivesse mergulhado longamente num balde de gelo. Eu disse insensível, mas, na verdade, o frio nesta intensidade provoca uma sensação semelhante à dor. Contudo, as pessoas dizem que não sentem a minha mão fria quando a tocam, a temperatura lhes parece normal. Só eu a sinto insuportavelmente gelada. Já passei por esta experiência em ocasiões anteriores, quase sempre no rigor do inverno. Em setembro, porém, é novidade. Das outras vezes, umedecia uma toalha em água fervente e com ela envolvia o braço desde a ponta dos dedos. Enrolava depois o conjunto num pano grosso de flanela, e posicionava mais dois aquecedores portáteis sobre eles. Dez minutos depois tudo esfriava, de modo que precisava ter sempre água fervente à cabeceira da cama para reaquecer a toalha. Repetia a operação cerca de cinco vezes. A água vertida na bacia logo esfriava, tinha de ser trocada constantemente por outra, trazida em chaleira. Hoje, repito o processo, e o frio finalmente cede.

Capítulo 5

29 DE SETEMBRO

    Ontem, consegui dormir com certa tranquilidade graças a um banho quente mais prolongado que me tirou parcialmente a dor. De madrugada, despertei e percebi que as dores tinham voltado. A chuva cessara, não havia uma única nuvem no céu. Ah, estas manhãs de outono cristalinas seriam tão agradáveis, estivesse eu em melhores condições físicas… Revolta-me pensar que há quatro ou cinco anos eu desfrutava plenamente o prazer destas belas manhãs, me irrito, não me conformo. Tomo três pílulas de Dolosin.

    Às dez da manhã, verificam a minha pressão arterial: 105 por 98. Por sugestão da enfermeira Sasaki, como duas bolachas do tipo *cracker* e queijo *kraft*, e tomo uma xícara de chá-preto. Vinte minutos depois, torno a medir a pressão. Tinha subido para 158 por 92. Uma variação tão grande em tão curto espaço de tempo não é um bom sinal.

— É melhor não escrever tanto, senhor. Tenho medo que voltem as dores — diz Sasaki ao me ver entretido com o meu diário.

Não lhe dei permissão para lê-lo, mas acredito que ela tenha ideia do que ando escrevendo. Que se há de fazer, tenho precisado dos seus préstimos com muita frequência nos últimos dias. Com o tempo, talvez precise da sua ajuda para raspar a pedra de *sumi* e preparar a tinta.

— Apesar das dores, eu me distraio escrevendo, entende? Prometo parar quando ficarem insuportáveis. No momento, estou melhor assim. Deixe-me sozinho, por favor.

À uma da tarde, tiro a costumeira sesta. Caio em leve modorra durante quase uma hora. Acordo encharcado de suor.

— Vai pegar um resfriado, senhor — diz Sasaki, entrando no quarto e me ajudando a trocar as roupas de baixo.

É desagradável esta sensação de umidade viscosa na testa e em torno do pescoço.

— O Dolosin é eficiente, mas não suporto o suadouro. Não há outro remédio?

Às cinco da tarde, o doutor Sugita me faz uma visita. O efeito da droga passou com certeza, pois as dores recomeçam, intensas.

Ouço a enfermeira dizendo para o médico:

— Ele não quer o Dolosin, reclama que o remédio o faz suar.

— Isso é um problema. Como já lhe disse diversas vezes, senhor Utsugi, vinte a trinta por cento da sua dor é de fundo neurológico, e os restantes setenta a oitenta por cento, nevrálgico, resultante de alterações fisiológicas na coluna cervical, conforme mostrou o exame radiográfico. Existem apenas dois métodos de tratamento para estes casos: usar coletes de gesso ou submeter-se à tração cervical para aliviar a pressão sobre os nervos. Em ambos os casos, o paciente tem de persistir no tratamento por três ou quatro meses. O senhor, porém, não quer continuar, o que, em vista da sua idade, é perfeitamente compreensível. Resta-lhe então usar medicações paliativas, de efeito momentâneo. E, nesse caso, existem diversas medicações apropriadas: se tanto o Dolosin como o Nobulon lhe fazem mal, vamos tentar Parotin injetável. Acredito que esta droga o livrará das dores, ao menos por algum tempo.

A injeção surte efeito e começa a me proporcionar alívio.

1º DE OUTUBRO

A dor persiste. Costumava ser mais intensa no dedo mínimo e no anular, e abrandava aos poucos conforme avançava na direção do polegar. Hoje, porém, começa gradualmente a se espalhar com a mesma intensidade pelos cinco dedos. Não se restringe também à palma da mão: do dedo mínimo, espalha-se na direção do pulso, atinge o processo estiloide da ulna e do rádio. Torna-se especialmente aguda quando tento girar a mão, não consigo executar o movimento de maneira satisfatória. A sensação de entorpecimento, por outro lado, é mais intensa no pulso, o que me impede de perceber com clareza se a impossibilidade de girar a mão é consequência do entorpecimento ou da dor. Tomo duas injeções de Parotin, uma à tarde e outra à noite.

2 DE OUTUBRO

A dor não dá trégua. Sasaki consulta o doutor Sugita e me aplica uma injeção de Salsobrocanon.

4 DE OUTUBRO

Não gosto do Nobulon injetável, de modo que experimento o supositório. Quase não surte efeito.

9 DE OUTUBRO

Do dia 4 até hoje, a dor não cessou de me atormentar, deixando-me sem ânimo para escrever. Estive todo o tempo acamado, 24 horas por dia sob os cuidados da enfermeira Sasaki. Hoje, porém, me sinto um pouco melhor, deu-me até ânimo para escrever. Perdi a conta dos remédios, injetáveis ou orais, de que me vali nestes últimos cinco dias: Pyrabital, Irgapyrin, supositórios de Parotin e de Irgapyrin, Doriden, Brovarin, Noctal, e mais alguns que eu talvez tenha esquecido, mas que devem ter constado da extensa lista que Sasaki me forneceu. Não me foi possível memorizá-los todos. Os três últimos são soníferos e não antiespasmódicos. A capacidade de dormir, de que sempre me orgulhei, tem sido perturbada pelas dores, o que me levou a usar os remédios citados. Minha velha e Jokichi me visitam de vez em quando.

Na tarde do dia 5, no auge da crise, minha velha espiou o quarto e disse:

— Satsuko manda perguntar se convém ou não visitá-lo...

— ...

— Eu lhe disse: vá visitá-lo, você tem de ajudar nessas horas, ele pode até esquecer um pouco a dor só de vê-la...

— Idiota! — gritei de repente, nem eu mesmo entendi por quê.

O berro me saiu no exato instante em que pensei no constrangimento de ser visto por ela neste estado miserável. A verdade, porém, era que eu até queria a visita dela.

— Nossa! Tudo isso só porque não quer receber a visita de Satsuko? — perguntou minha velha.

— Não quero Satsuko, nem ninguém. E isto se aplica principalmente a Kugako! Se ela me aparecer no quarto, você vai se haver comigo, entendeu?! — berrei.

— Sei muito bem que você não quer a Kugako. Aliás, eu disse a ela que não se preocupasse. Afinal, a dor era intensa, mas apenas na mão. Mandei-a embora recomendando-lhe expressamente que se abstivesse de vê-lo. Ela chorou, sabia?

— Não vejo nenhum motivo para chorar!

— Itsuko também quis vir de Kyoto, mas eu a demovi do intento. Só não entendo por que você não quer nem a Satsuko.

— É por isso que eu digo e repito: você é uma idiota! Quem lhe disse que não a quero? Eu a quero tanto que não suporto a ideia de ser visto por ela nesta situação!

— Continuo não entendendo, mas não faz mal. Desculpe-me se o irritei. E não se altere tanto, por favor. Nada pode ser pior em suas condições — disse minha velha em tom conciliador, como se tentasse acalmar uma criancinha. Depois, bateu às pressas em retirada.

Minha velha havia posto o dedo na ferida e eu gritara para disfarçar a perturbação, estava claro. Sozinho com meus pensamentos, arrependi-me do momentâneo descontrole. Eu não devia ter-me zangado daquele jeito. Que haveria Satsuko de pensar quando a minha velha lhe contasse o sucedido?, perguntei-me, preocupado até a alma. Satsuko, porém, me conhece como a palma da mão, não há de se ofender...

— Apesar de tudo, será melhor vê-la — decido de repente esta tarde. — Aguardo até que me surja uma boa oportunidade nos próximos dias e, então, eu a levo com jeito...

A mão com certeza vai doer de novo esta noite. E no auge da dor — até parece que anseio por isso — peço que a chamem. "Satsuko, Satsuko! Está doendo, está doendo! Me ajude, por favor, me ajude!", diria eu, chorando como uma criancinha. Satsuko vem entrando, atônita. "E agora? Será que o velho doido está chorando de verdade? Ele pode estar tramando alguma, nunca se sabe...", diz ela com seus botões, aparentando, contudo, candura e genuíno espanto. "Eu só quero Satsuko perto de mim, não preciso de mais ninguém", continuaria eu a gritar, expulsando Sasaki. E quando enfim estivesse a sós com ela, de que jeito eu começaria?

— Satsuko, me ajude, está doendo muito!

— Coitadinho do vovô! Que posso fazer pelo senhor? Peça qualquer coisa, eu o atenderei.

Ah, como seria bom se ela reagisse assim! Mas isso me parece impossível, ela não é estúpida nem nada. De que recursos disponho então para convencê-la?

— Me deixe beijá-la para esquecer a dor, Satsuko!

— No pé não vai adiantar, Satsuko!

— *Necking* também não, Satsuko!
— Quero um beijo de verdade, Satsuko!

Que aconteceria se eu fizesse manha, choramingasse e gritasse desse jeito? Até mesmo ela não acabaria cedendo, embora a contragosto? Creio que vou pôr em prática esta abordagem nos próximos dias. Eu disse que a chamaria "no auge da dor", mas não necessariamente. Posso apenas fingir que está doendo. Mas esta barba… A cara, ao menos, tinha de estar lisa. Sinto minhas faces ásperas, faz quase cinco dias que não me barbeio. Por outro lado, é verdade também que pareço muito mais doente deste jeito. Mas quando imagino a cena do beijo, a barba provoca desconforto. E vou tirar as dentaduras. Vou também fazer a higiene bucal discretamente…

À tarde, enquanto imaginava tudo isso, a dor começou a me atormentar de novo. Não posso escrever mais nada… Jogo o pincel para o lado e convoco Sasaki.

10 DE OUTUBRO

Tomo 0,5 ml de Irgapyrin injetável, mas logo sinto uma grande tontura. O teto gira vertiginosamente, vejo a coluna multiplicada por dois e por três. Cinco minutos depois, volto à normalidade. Sinto uma grande pressão na região da nuca. Tomo um terço de um comprimido de Luminal de 0,1 mg e caio no sono.

11 DE OUTUBRO

Não vejo diferença digna de nota de ontem para hoje. Recorro ao Nobulon supositório.

12 DE OUTUBRO

Tomo três drágeas de Dolosin. Como sempre, acabo encharcado de suor.

13 DE OUTUBRO

Acordo sentindo-me um pouco melhor esta manhã. Enquanto ainda posso, vou registrar rapidamente os acontecimentos de ontem.

Às oito da noite, Jokichi espia pela porta do meu quarto. Ele tem-se esforçado por chegar cedo em casa nos últimos dias.

— Como vai? Está melhor? — pergunta.

— Ao contrário, pioro dia a dia.

— Mas está barbeado, e isso o faz parecer bem-disposto...

Na verdade, eu havia feito a barba pela manhã, suportando a custo a dor na mão.

— Os pelos no rosto me deprimiam, me deixavam mais doente. Mas você não faz ideia do quanto penei para raspá-los.

— E por que não pede a Satsuko?

Que pretendera Jokichi com essa sugestão? Teria ele inferido alguma coisa ao me encontrar de barba feita? Ele nunca gostou que a família fizesse pouco de Satsuko. É natural, ele se sentia diminuído pelo fato de a mulher ter sido uma corista no passado. Em consequência, esforçou-se por impor a todos o respeito pela "patroa nova", e eu também contribuí para isso, reconheço. Por outro lado, Jokichi podia ter-se feito respeitar mais por Satsuko na qualidade de marido. Não sei o que acontece quando os dois estão sozinhos, mas na presença de estranhos, particularmente, demonstra grande respeito pela mulher. E como é que agora sugeria que sua preciosa mulherzinha fizesse a barba do sogro?

— Não quero mulher alguma me tocando o rosto — disse eu de propósito.

Pensando bem, não seria nada mau ficar deitado numa poltrona enquanto ela me barbeasse. Eu talvez visse lá dentro das fossas nasais. Nada mau também seria ver a transparência rosada daquelas delicadas aletas…

— Satsuko sabe manejar muito bem um barbeador elétrico. Ela já me fez a barba, certa vez em que fiquei doente.

— Ora, nunca imaginei que você lhe pedisse esse tipo de serviço!

— Claro que peço! Que mal há?

— E, também, nunca pensei que Satsuko se sujeitasse a isso.

— Peça-lhe para fazer qualquer coisa, não só a barba. Direi a ela que atenda todos os seus pedidos.

— Duvido! Você diz isso para mim, mas será capaz de mandá-la fazer realmente tudo que eu pedir?

— Claro que sou! Espere e verá.

Não sei o que Jokichi disse a Satsuko, mas a verdade é que, pouco depois das dez da noite, Satsuko surgiu inesperadamente em meu quarto.

— O senhor disse que não me queria ver, mas estou aqui porque Jokichi mandou — declarou.

— Onde está ele?

— Acaba de sair. Disse que ia beber nalgum lugar.

— Que pena! Eu queria que ele a trouxesse à minha presença e lhe desse ordens na minha frente.

— E ele tem coragem?! Tanto não tem que fugiu. Seja como for, ele me pôs a par do assunto. Então, eu lhe disse que fosse dar uma volta porque ele me atrapalharia, ficando em casa.

— Está bem. De qualquer modo, tem mais alguém atrapalhando.

— Sim, senhor, já entendi... — replicou Sasaki, retirando-se às pressas.

Foi o que bastou para a dor recrudescer, como que em resposta a uma deixa. A mão inteira, desde o processo estiloide da ulna e do rádio até a ponta dos cinco dedos, endureceu como uma única peça de madeira, e ondas de dor semelhantes a minúsculos choques começaram a percorrer as laterais da palma. A dor lembrava a de um formigamento, só que muito mais intensa e aguda. Eu sentia a mão gelar, como se a tivesse num balde de água bem fria. Tão gelada que chegava a entorpecer, mas apesar disso, doía. Ninguém é capaz de entender esse fenômeno. Nenhum médico pareceu compreender, por mais que eu explicasse.

— Ah, que dor, Sa-tchan! — gritei sem querer.

Só mesmo uma dor real faria alguém gritar daquele jeito. Eu jamais teria sido tão convincente se tivesse fingido.

Sobretudo, eu nunca a chamaria por esse diminutivo familiar e infantil, admirei-me de usá-lo com tanta naturalidade. Aquilo me deixou num estado de completa bem-aventurança. Doía, mas me sentia feliz.

— Ai-ai, Sa-tchan! Sa-tchan! — berrei de novo.

Minha voz lembrava a de um menino travesso de uns treze anos. Não era forçada, me saiu desse jeito, naturalmente.

— Sa-tchan, Sa-tchan! Me ajude, Sa-tchan!

E, sempre gritando, comecei a chorar. Lágrimas abjetas me escorreram pelas faces, o ranho desceu das narinas, a saliva começou a deslizar pelos cantos da boca, uááá, uááá, uááá! Eu não estava representando, não! No instante em que disse: "Sa-tchan!", eu voltara a ser um menino travesso e manhoso, a chorar sem peias. Eu queria parar, mas não conseguia. Ah, eu talvez tivesse enlouquecido de verdade! E se aquilo fosse realmente loucura?

— Uááá, uááá!

Que me importava se era ou não loucura?, pensei. Aliás, nada mais importava. Para o meu próprio desapontamento, porém, no exato instante em que a ideia me ocorreu, a capacidade de raciocinar voltou num súbito impulso e fiquei com medo de enlouquecer. A partir desse momento, comecei a representar, a me esforçar por parecer uma criança mimada.

— Sa-tchan, Sa-tchan, uá, uá, uá!

— Pare com isso, vovô — disse Satsuko.

Imóvel e silenciosa, ela vinha me observando com apreensiva repulsa havia já alguns minutos, mas percebeu a mudança que se operara no meu íntimo no instante em que nossos olhos se encontraram.

— Continue fingindo e, um dia, acabará louco de verdade — sussurrou ela aproximando a boca da minha orelha.

A voz era baixa, estranhamente calma e implicava um sorrisinho gelado. — Ser capaz de se comportar desse jeito prova que já está a caminho da loucura.

O tom era sarcástico e teve o mesmo efeito de água em fervura. Em seguida, riu baixinho e disse:

— Que quer que eu faça? Mas vou avisando desde já: não terá nada de mim enquanto chorar desse jeito!

— Eu paro — declarei com indiferença, voltando instantaneamente ao meu estado normal.

— Já não era sem tempo! Sou geniosa, e suas cenas apenas me tornam cada vez mais intransigente, entendeu?

Não quero continuar registrando toda a lenga-lenga que se seguiu. Quanto ao beijo, ela se esquivou. Com as bocas a uma distância de quase um centímetro uma da outra, Satsuko me fez escancarar a minha e nela deixou cair uma única gota da sua saliva. Foi só.

— Pronto. Está satisfeito? Se não estiver, o problema é seu.

— Ai, como dói. Não é mentira, não!

— Mas agora melhorou, tenho certeza.

— Ai-ai, continua doendo.

— Está fazendo manha outra vez! Pois chore à vontade porque *eu* vou-me embora, ouviu?

— Escute, Satsuko. Posso chamá-la "Sa-tchan" de hoje em diante? Posso?

— Haja paciência!

— Sa-tchan!!

— Não se faça de menininho dengoso e mentiroso, porque nessa não caio!

E foi-se embora, furiosa.

15 DE OUTUBRO

Esta noite, vou tomar 0,3 mg de Barbital e 0,3 mg de Bromual. Soníferos têm de ser alternados com frequência ou perdem a eficácia. O Luminal não surte efeito em mim.

17 DE OUTUBRO

Por sugestão do doutor Sugita, peço uma consulta domiciliar ao doutor Kajiura, clínico geral da Universidade de Tóquio. Eu já o conhecia dos exames que me fez há alguns anos, quando tive um derrame. Depois de receber do doutor Sugita explicações detalhadas sobre a evolução do estado clínico, o doutor Kajiura examina as radiografias da coluna cervical e da lombar. Diz ele que sua especialidade é outra e não pode, por conseguinte, opinar com segurança a respeito da origem da dor que me atormenta a mão esquerda, mas que confia no diagnóstico do ortopedista do Hospital Tora-no-Mon. Propõe-se a levar as radiografias para a universidade e a mostrá-las a um especialista, depois me dará o seu diagnóstico. Observa porém que, mesmo aos olhos de um não especialista, parece evidente a existência de uma alteração nas raízes dos nervos da mão esquerda. Assim sendo, se eu me recusava a usar o colar ou a me submeter à tração cervical, e uma vez que não havia outros recursos para aliviar a compressão sobre os nervos, só me restava realmente o tratamento paliativo preconizado pelo doutor Sugita, capaz de proporcionar alívio momentâneo. O doutor Kajiura recomenda também o uso de Parotin injetável. O Irgapyrin provoca efeitos colaterais desagradáveis, é melhor suspender seu uso, aconselhou. E depois de me submeter a um exame extremamente minucioso, retirou-se levando as radiografias.

19 DE OUTUBRO

O doutor Kajiura informa o doutor Sugita, por telefone, que a opinião do especialista da universidade é idêntica à do ortopedista do Hospital Tora-no-Mon.

Perto das oito e meia da noite, alguém entreabre a porta de forma hesitante, sem bater.

— Quem é? — pergunto, mas não obtenho resposta.

— Quem é? — torno a perguntar.

Nesse momento, ouço passos leves e Keisuke vem entrando. Está de pijama.

— Que foi? Que quer aqui a esta hora? — pergunto.

— Sua mão está doendo muito, vovô?

— Crianças não deviam se preocupar com essas coisas. Aliás, já era mais que hora de você estar na cama, não era?

— Eu estava, mas me levantei de mansinho e vim vê-lo, vovô.

— Vá dormir, vá. Já disse que crianças não devem...

Nesse ponto, minha voz tornou-se inexplicavelmente anasalada e lágrimas me vieram aos olhos, lágrimas de natureza bem diversa das que eu derramara havia alguns dias na presença da mãe deste mesmo menino. Naquela ocasião, eu tinha chorado copiosamente, aos berros. Hoje, porém, elas se juntaram numa única gota que me escorreu pelo canto do olho. Tentei disfarçar, apoderando-me às pressas dos meus óculos e acavalando-os sobre o nariz, mas as lentes se embaçaram instantaneamente e aumentaram minha aflição. Já não havia como esconder o choro, nem mesmo de uma criança.

Da outra vez, as lágrimas me pareceram prova de que eu enlouquecera. E desta, seriam prova do quê? Naquele dia, posso até afirmar que elas haviam sido programadas, mas não hoje, absolutamente não. Da mesma forma que Satsuko, gosto de escandalizar fingindo-me de mau, quando na verdade sou um tolo sentimental facilmente levado às lágrimas, particularidade que me aflige demais e que tento esconder a todo custo. Assim é que, desde moço, vim sempre me comportando de modo verdadeiramente vil com a minha mulher, mas bastava vê-la chorar para perder toda a braveza e qualquer disputa. Fiz de tudo para que ela nunca percebesse este meu calcanhar de aquiles. Dito desta forma, dou a entender que possuo sentimentos nobres quando, na verdade, sou apenas um velho sentimental e chorão, e a despeito disso, rabugento e cruel. Realmente sou, mas ainda assim, quando um singelo menino me surge repentinamente diante de mim e me lança palavras repletas de carinho... ah, já não suporto mais nada, nem secar as lentes consigo, por mais que as enxugue.

— Não desanime, vovô. Tenha um pouco mais de paciência e logo estará bom, o senhor vai ver.

Cubro a cabeça com as cobertas para que ele não me veja nem me ouça chorando. O que mais me irritava era imaginar que Sasaki percebera tudo.

— Vou, sim, vou sarar logo... Suba para o seu quarto e durma de uma vez, meu filho... — pretendi dizer, mas pela altura do "suba para o quarto", a voz tornou-se estranhamente gutural e nem eu consegui entender direito o que falava. No negrume sob as cobertas, as lágrimas romperam o dique e jorraram. Menino idiota! Até quando pretendia continuar parado ao lado da minha cama? Suba para o quarto e durma de uma vez, fedelho irritante!, pensava eu, chorando cada vez mais à medida que a exasperação crescia.

Trinta minutos depois, consegui enfim estancar as lágrimas e descobrir a cabeça. Keisuke já se tinha ido.

— O pequeno Keisuke diz coisas realmente tocantes, não é mesmo? — comentou Sasaki. — Apesar da pouca idade, ele se preocupa de verdade com o avô. É uma gracinha!

— Precoce e metido, isso é o que ele é! Detesto crianças desse tipo!

— Ora, sei que não está sendo sincero, senhor...

— Eu tinha avisado que não queria nenhuma criança no quarto, mas ele vem entrando sem ao menos pedir licença! Crianças deviam ser crianças e não falsos adultos!

Eu estava completamente agastado pela facilidade com que o pequeno arrancara lágrimas de mim, um homem para lá de maduro. Por mais lacrimosa que seja a minha natureza, porém, não acho normal chorar tanto por tão pouco. Talvez o dia da minha morte esteja próximo...

21 DE OUTUBRO

Hoje, Sasaki me trouxe notícias animadoras. Diz ela que, ontem à tarde, depois de me pedir uma hora de folga, foi a

Shinagawa tratar dos dentes e, na sala de espera do consultório dentário, encontrou-se com um certo doutor Fukushima, ortopedista do Hospital X, onde, por coincidência, Sasaki trabalhara antigamente. Durante os quase vinte minutos de espera, a enfermeira conversara com o referido médico. Ele lhe havia perguntado o que ela fazia atualmente, e ela lhe respondera que cuidava de um cavalheiro doente assim e assim, tendo então mencionado a enfermidade que me atormentava a mão. Acrescentara também que eu era idoso, não suportava tratamentos agressivos ou trabalhosos como tração cervical, imobilizações e similares, e indagara se não haveria nenhuma outra forma de cura. O médico então lhe respondera que havia, realmente. O tratamento consistia numa técnica apurada, de aplicação difícil e arriscada: médicos comuns nem sequer cogitavam aplicá-la. Contudo, ele conhecia muito bem a referida técnica e a aplicava com segurança, afirmou. Acrescentou também que, pela descrição dos sintomas, eu devia sofrer da síndrome dolorosa do ombro e da mão, e se a alteração se situava realmente na sexta vértebra cervical, seria preciso injetar xilocaína em torno do processo articular da vértebra a fim de bloquear o nervo simpático; feito isso, a dor desapareceria instantaneamente. O único problema era que, na área do pescoço, os nervos passam por trás da artéria carótida, o que tornava bastante difícil introduzir a agulha sem atingir a grande artéria. Se, por alguma infelicidade, a carótida fosse danificada, as consequências seriam graves. A área do pescoço é, além disso, ricamente vascularizada e, se a xilocaína ou até mesmo uma bolha de ar acabasse injetada por engano num dos muitos vasos sanguíneos, o paciente entraria rapidamente em dificuldade respiratória, motivo por que a maioria dos médicos não se arriscava a aplicar o referido tratamento. Ele, porém, havia desafiado o perigo sem nunca falhar, curara diversos pacientes, e tinha certeza de que teria sucesso mais uma vez. E quando Sasaki indagara da duração do referido tratamento, o médico havia respondido que era de um dia, ou melhor, de apenas um ou dois minutos, muito embora precisasse tirar algumas radiografias inicialmente. Mesmo incluindo esse tempo, porém, tudo estaria terminado em vinte ou trinta minutos: o nervo seria bloqueado e, caso tudo corresse bem, a dor desapareceria instantaneamente. Com apenas meio dia de sofrimento, o paciente ia-se embora todo feliz. Essa era a história. Que achava eu de tentar a sorte?, terminou a enfermeira por me perguntar.

— Qual a fama desse tal doutor Fukushima? — indaguei.

— Só o fato de ser médico ortopedista do famoso Hospital X já é uma ótima referência. Além disso, é formado pela Universidade de Tóquio, e eu o conheço há muito tempo.

— Me pergunto se é mesmo confiável... Que me acontecerá se ele falhar?

— Na minha opinião, quando um médico famoso como ele garante, não há o que temer. Contudo, posso procurá-lo mais uma vez e pedir-lhe explicações detalhadas.

— Que bom seria se o tratamento surtisse efeito...

Por ora, sondo a opinião do doutor Sugita.

— Hum... Seria realmente possível dominar uma técnica tão complexa? Só mesmo com inspiração divina... — comenta em tom cético.

Pelo jeito, considera arriscado tentar.

22 DE OUTUBRO

Sasaki foi ao Hospital X para avistar-se com o médico e volta trazendo informações mais detalhadas. Boa parte do que me explica é muito técnico e me escapa à compreensão. Resumindo, Sasaki me relata que, conforme dissera ontem, o doutor Fukushima já havia curado sem grande esforço algumas dezenas de pacientes por intermédio dessa técnica e não via nada divino em sua capacidade. Nenhum dos pacientes havia se mostrado inseguro ou temeroso: todos eles tomaram a injeção tranquilamente, apresentaram melhora instantânea e se foram, felizes, para as respectivas casas. Contudo, havia prosseguido o médico, se eu por algum motivo me sentia inseguro, ele podia solicitar a um médico anestesista que acompanhasse todo o procedimento para que, na eventualidade remota de um imprevisto, o oxigênio estivesse ali, pronto para o uso. Significava que, se por alguma fatalidade a xilocaína ou uma bolha de ar acabasse introduzida num dos vasos sanguíneos, podiam intubar-me rapidamente e aliviar a falta de ar. E se mesmo sem esses preparativos nunca houvera falhas até hoje, continuara o médico, agora que se cercava de tantas medidas de segurança eu poderia submeter-me sem sobressaltos ao tratamento.

— O doutor Fukushima não está de modo algum impondo o tratamento. Ele mesmo me disse que será melhor não tentar, caso o senhor se sinta inseguro. De qualquer modo, pense no assunto com calma, senhor — diz Sasaki.

O choro incontido que o súbito gesto de carinho do pirralho arrancou de mim noites atrás continua me incomodando, faz-me imaginar que algo funesto está para acontecer. Aquelas lágrimas são realmente um sinal de que eu pressentia a morte me rondando naquela noite. Posso parecer afoito à primeira vista, mas sou na verdade um indivíduo prudente e medroso, não é de modo algum normal, portanto, que me sinta tão irresistivelmente atraído para esse arriscado tratamento recomendado por Sasaki. Não estarei eu fadado a sufocar e morrer em consequência dessa injeção?

Mas espere: não era também verdade que a morte já não me assustava, que havia muito me preparara para ela? Prova disso foi a indiferença com que recebera, meses atrás, o diagnóstico de possível câncer de coluna cervical pelo especialista do Hospital Tora-no-Mon, em contraste com o visível empalidecimento da minha velha e da enfermeira que me acompanhavam. Tamanha frieza até me espantou. Eu chegara a sentir um profundo alívio ao perceber que a morte finalmente se aproximava! Se assim era, por que não haveria eu de testar a sorte agora? Caso ela não me sorrisse, que tinha eu a lamentar? Por causa das dores que me atormentavam dia e noite sem cessar, eu já não sentia prazer em ver o rosto de Satsuko, e nem ela levaria a sério um velho doente alquebrado de dores. E então, que graça haveria em continuar vivendo? Quando penso em Satsuko, vem-me a vontade de confiar o destino à Providência e viver plenamente uma vez mais, ou senão, morrer.

23 DE OUTUBRO

A dor continua tão intensa quanto antes. Experimentei tomar Doriden, mas acordei depois de um breve sono. Pedi uma injeção de Salsobrocanon.

Acordei às seis da manhã e repenso a questão de ontem.

Não receio a morte, mas tenho medo de imaginar que ela se acha diante de mim e que me encara neste exato instante... Se possível, gostaria de me ir deste mundo de modo sereno, quase despercebido, como se caísse suavemente no sono, deitado nesta cama e cercado de familiares. (Não, talvez fosse melhor não ter nenhum parente perto de mim, especialmente Satsuko. Vai ser triste ter de me despedir dela, dizer-lhe: "Obrigado por todos esses anos de cuidado e carinho, Sa-tchan...", vou acabar chorando de novo, e Satsuko terá de se mostrar chorosa também, ao menos para manter as aparências. Vou-me sentir constrangido, nem poderei morrer em paz. Quando eu me for, prefiro que ela esteja longe, assistindo com total entusiasmo e insensibilidade a uma luta de boxe, por exemplo, ou executando um dos seus números de nado sincronizado na piscina. Ah, o nado sincronizado... Talvez eu nem chegue a presenciar a cena se não sobreviver até o próximo verão.) Não tenho vontade alguma de me ver numa cama do Hospital X, assistido por um ortopedista, um anestesista e um radiologista, talvez renomados, mas ainda assim estranhos para mim, de ser tratado com toda a deferência e, mesmo assim, me sentir sufocar e morrer. Sou até capaz de me ir só de sentir essa atmosfera carregada de tensão. Qual será a sensação de asfixiar e ofegar, de perder aos poucos a consciência e de ter um tubo introduzido na traqueia? Não temo a morte, mas quero ser poupado do sofrimento, da tensão e do horror de uma longa agonia. E, nos instantes finais, cada uma das iniquidades praticadas em meus setenta anos de vida haverão de desfilar num caleidoscópio implacável diante dos meus olhos. Parece-me até ouvir uma voz dizendo: "Ah, maldito, lembra-se de quando praticou tais e tais perversidades?

Pois sofra agora, é bem merecido! Como ousa esperar uma morte tranquila depois de tudo o que fez?" Talvez seja melhor desistir do Hospital X.

Hoje é domingo. Céu nublado, chove. Cansado de pensar, torno a consultar Sasaki. Ela se propõe a ir à Universidade de Tóquio amanhã, segunda-feira, procurar o clínico Kajiura, a relatar detalhadamente as explicações do doutor Fukushima e a lhe pedir a opinião. Caso o doutor Kajiura me aconselhasse a tomar a injeção, eu assim faria. Se, ao contrário, ele dissesse que o tratamento é perigoso e que jamais deveria me submeter a ele, eu desistiria sem protestar. Considero a proposta razoável, e concordo.

24 DE OUTUBRO

Sasaki retorna à tarde e me diz que o professor Kajiura não conhece o doutor Fukushima, do Hospital X. Ademais, não se sente capacitado a dar um parecer sobre a eficácia ou não do tratamento por não ser especialista nesse assunto. Contudo, o doutor Kajiura acha que se o doutor Fukushima realmente se formara pela Universidade de Tóquio e trabalhava no Hospital X, era em princípio merecedor de confiança, não podia ser um charlatão. Além disso, mesmo que o tratamento não alcançasse o esperado sucesso, acreditava que o doutor Fukushima haveria de tomar as medidas necessárias no sentido de garantir o menor risco possível para o paciente. Seu conselho era, portanto, que eu confiasse no médico e me submetesse ao tratamento.

Na verdade, eu havia esperado que o doutor Kajiura se opusesse, o que me teria tirado um peso dos ombros e proporcionado incrível alívio. Contudo, já que o resultado fora outro, só me restava aceitar o conselho. Expor-me a esse perigo talvez fosse a minha sina, afinal... Não haveria realmente uma maneira de escapar?, pensava eu, buscando possíveis desculpas para recusar. E assim, hesitante e a contragosto, optei pelo tratamento.

25 DE OUTUBRO

— A enfermeira Sasaki me falou do tratamento. Tem certeza de que dará certo, vovô? Sei que a dor é forte, mas ainda acho que vai passar sem ser preciso recorrer a medidas extremadas — vem-me dizer minha velha, mal contendo a aflição.

— Mesmo que não dê, não vou morrer por causa do tratamento — tranquilizo-a.

— Pode até ser que não, mas não gosto nem de imaginá-lo desmaiando, às portas da morte!...

— Pois prefiro morrer a continuar vivo deste jeito — digo em tom excepcionalmente heroico.

— Para quando marcou o tratamento?

— Para amanhã. Quanto mais cedo, melhor, uma vez que a decisão já está tomada e o hospital me recebe a qualquer momento.

— Espere, espere! Não se precipite — diz minha velha, afastando-se para logo retornar com um calendário de augúrios. — Diz aqui que amanhã é um dia *senbu*, negativo, depois de amanhã será *butsumetsu*, ruim para tudo, e o dia 28 será *tai-an*, da grande paz, propício para tudo. Marcamos para o dia 28, decididamente.

— Ora, e quem acredita nisso? *Butsumetsu* ou não, importa apenas livrar-me disso o mais rápido possível — digo eu, certo de que minha velha se oporá e contando com isso.

— Não concordo de jeito nenhum, faça-me o favor de marcar para o dia 28. E eu o acompanharei.

— Dispenso.

— Pois vou mesmo assim.

— Eu ficaria mais tranquila se a senhora nos acompanhasse, realmente — intervém Sasaki, bandeando-se para o lado da minha velha.

27 DE OUTUBRO

Dia de maus eflúvios, *butsumetsu*. "Negativo para mudanças, inauguração de estabelecimentos comerciais e qualquer atividade", registra o calendário. Amanhã, porém, irei ao Hospital X em companhia da minha velha, da enfermeira e do doutor Sugita e tomarei a injeção às três horas da tarde. Hoje, rompi o dia com dores intensas, infelizmente. Tomo uma injeção de Pyrabital. À tarde, torno a sentir dores fortes e experimento Nobulon supositório. Com a chegada da noite, recebo uma dose de Opystan injetável. É a primeira vez que recorro a esta droga. Segundo me explicam, não é morfina, mas pertence à família dos narcóticos. A dor cede, felizmente, e consigo uma noite de sono tranquilo. Não estarei apto a escrever nos próximos dias, de modo que vou atualizar o diário com base nos relatórios da enfermeira.

28 DE OUTUBRO

Acordo às seis da manhã. Eis que é chegado o dia decisivo. Estou inquieto e temeroso. Seguindo instrução médica de manter repouso, não saio da cama. A refeição matinal e o almoço me são servidos no quarto. Riem de mim quando digo que gostaria de comer carne de porco cozida, da culinária chinesa.

— Tanto apetite é um bom indício — comenta a enfermeira Sasaki.

Não é verdade que eu esteja com tanta fome, naturalmente. Esforcei-me apenas por melhorar o astral. O cardápio do almoço consiste num copo de leite, pão torrado, omelete à espanhola, maçã e chá-preto. Eu esperava ver Satsuko na saleta de refeições, mas me proíbem de sair do quarto. Só me resta obedecer. Tiro uma sesta de trinta minutos, mas, muito compreensivelmente, não consigo dormir. À uma e meia, o doutor Sugita aparece. Mede minha pressão e me submete a um rápido exame clínico. Partimos às duas da tarde. No carro, sento-me com o doutor Sugita à direita e a minha mulher à esquerda. A enfermeira Sasaki vai na frente, ao lado do motorista. No momento em que o nosso carro se prepara para sair pelo portão, surge o Hillman de Satsuko.

— Aonde vai, vovô? — me pergunta, encostando o carro no nosso.

— Vou tomar uma injeção no Hospital X. Coisa rápida, estarei de volta dentro de uma hora mais ou menos.

— A vovó também vai?

— Ela quer aproveitar a viagem e fazer uns exames. Acha que tem câncer no estômago, mas devem ser seus nervos.

— Com certeza são!

— E você, meu bem... — começo a dizer e me corrijo. — E você, Satsuko, aonde vai?

— A Yuiraku-za, assistir a um filme. Bem, vou andando, vovô.

Ocorre-me nesse instante que Haruhisa não tem aparecido desde que o tempo refrescou e os banhos diários de chuveiro se tornaram desnecessários.

— Que filme estão passando este mês?

— *O grande ditador*, de Chaplin.

O Hillman partiu primeiro e logo desapareceu.

Eu havia pedido que não contassem a Satsuko do tratamento e, portanto, ela nada devia saber. Desconfio, porém, que a minha velha ou Sasaki deram com a língua nos dentes e que a despreocupação seja fingida: Satsuko deve ter cronometrado a saída de modo a coincidir com a minha, com o único intuito de me ver e de me animar um pouco. Ou então apenas obedecia às instruções da minha velha. Seja como for, estou contente por tê-la visto. E lá se foi a especialista na arte de disfarçar, triunfante, rumo a Yuiraku-za. Penso no quanto minha velha me conhece e no grau da sua solicitude e sinto um aperto no coração.

Chego na hora programada e logo sou levado para o meu quarto. Uma tabuleta na porta traz o meu nome: Tokusuke Utsugi. Pelo visto, ficarei internado durante o dia de hoje no hospital. Sou levado numa cadeira de rodas por um longo corredor de concreto até a sala de raios X. Acompanham-me o doutor Sugita, Sasaki, e até a minha velha. Ela ofega no esforço de acompanhar a cadeira de rodas.

Vim de quimono por sua praticidade nestas situações. Com a ajuda da minha velha, tiro toda a roupa. Em seguida, deitam-me sobre uma prancha de madeira dura e lustrosa, e me mandam dobrar o corpo em diversos ângulos e posições. Depois, desce do teto sobre mim uma caixa preta, que lembra a das antigas máquinas fotográficas, ajustada de modo a encontrar o meu corpo no ângulo certo. Como o resto do aparelho — gigantesco e de funcionamento complexo — é manipulado a distância, a caixa tem de ser posicionada com precisão milimétrica para que tudo dê certo. Os ajustes em busca do posicionamento perfeito são muitos e tomam tempo. Estamos em fins de outubro, a tábua em que me deito é gelada e a dor na mão persiste, mas a tensão é tanta que não sinto frio, nem a dor me incomoda. Deito-me primeiro sobre o braço esquerdo e, em seguida, sobre o direito. Radiografam-me de perfil, as costas e o pescoço. A cada mudança de posição, a caixa preta é reajustada, uma operação bastante trabalhosa. Pedem-me para reter a respiração no momento em que os raios X atravessam o meu corpo. Em linhas gerais, não vejo diferença com o que fizeram no Hospital Tora-no-Mon.

Depois, retorno ao meu quarto e me deito na cama. As radiografias são reveladas e trazidas ainda úmidas. O doutor Fukushima examina minuciosamente as chapas e anuncia:

— Vou aplicar a injeção.

Ele já tem na mão uma seringa cheia de xilocaína líquida.

— Levante-se e venha para este lado, por favor. É mais fácil aplicar a injeção com o paciente em pé — ele me diz.

— Pois não — respondo, descendo da cama e me encaminhando com passos especialmente garbosos para a área iluminada próxima à janela, onde o médico me aguarda. Paro diante dele.

— Muito bem, vou começar. Não se preocupe porque não sentirá dor, nem nada — tranquiliza-me.

— À vontade, doutor. Não estou preocupado — asseguro-lhe.

— Nesse caso...

Sinto a agulha penetrando no pescoço. Ora, não dói, nem incomoda! Tão simples assim?, me pergunto. Não creio que tenha empalidecido. Tampouco tremia. Eu estava impassível, tinha perfeita noção disso. "Que venha a morte!", pensei, mas não me senti prestes a morrer. O médico introduz a agulha no local e, para testar, retrai ligeiramente o êmbolo: se o sangue afluir para dentro do cilindro misturando-se ao remédio, é sinal de que a agulha perfurou uma veia ou artéria. O teste não se restringe apenas às aplicações de xilocaína, antecede qualquer injeção, mesmo as mais rotineiras, como as de vitamina, por exemplo, e assegura que o remédio não seja injetado num vaso sanguíneo. Um médico cuidadoso jamais dispensa o teste, muito menos o doutor Fukushima num procedimento sério como o de hoje.

— Ah, temos problemas!... — exclama o médico naquele instante, em tom visivelmente contrariado. — Tantas vezes apliquei esta injeção em pacientes sem nunca me acontecer de perfurar um vaso!... Hoje, porém, algo saiu errado. Vejam, há sangue na seringa. Creio que atingi um pequeno vaso.

— Que faremos, nesse caso? Tentamos outra vez?

— Não. É melhor desistir quando ocorrem falhas deste tipo. O senhor terá de retornar a este hospital amanhã, sinto muito. Asseguro-lhe que, então, tudo correrá bem. É estranho, nunca me aconteceu de errar até hoje...

Eu, porém, estou aliviado, sinto que por hoje escapei: o acerto de contas final com o destino foi adiado. Todavia, ao pensar no que me espera amanhã, vem-me também a vontade de refazer imediatamente o tratamento, de testar a sorte de forma definitiva.

— Esse médico é cauteloso demais! Por que temer esse pouquinho de sangue? Ele bem podia aplicar a injeção de uma vez — reclama Sasaki em voz baixa.

— Ao contrário, a atitude mostra o grau de consciência do doutor Fukushima. Qualquer médico se veria tentado a refazer o procedimento, sobretudo ele, que tinha convocado até um anestesista para ajudá-lo. Desistir naquela altura só por causa de uma única gota de sangue é uma decisão difícil de ser tomada, mostra o preparo do doutor Fukushima como médico. Todos os profissionais do nosso ramo deviam espelhar-se nele. Eu mesmo aprendi uma valiosa lição esta tarde — observa o doutor Sugita.

Depois de marcar novo procedimento para amanhã, volto para casa às pressas. No carro, o doutor Sugita continua a louvar a atitude do colega, e Sasaki, a reclamar: "Ainda acho que ele devia ter feito de uma vez!" Contudo, os dois concordam num ponto: o excesso de zelo do doutor Fukushima motivara o erro. Nada disso teria acontecido se ele aplicasse o tratamento com a simplicidade costumeira, as medidas de segurança extraordinárias acabaram por deixá-lo nervoso, concluem.

— Estão vendo? *Eu* discordei, desde o princípio. Introduzir uma agulha no pescoço é perigoso! Desista do tratamento marcado para amanhã — aconselha minha velha.

Cheguei em casa, mas Satsuko não havia retornado ainda. Keisuke brinca sozinho com Leslie diante do canil. Torno a jantar no quarto, seguindo a recomendação médica de manter repouso. A mão começa a doer outra vez.

29 DE OUTUBRO

Partimos no mesmo horário de ontem. A comitiva também é a mesma, assim como o resultado, infelizmente: o médico torna a perfurar um vaso e o sangue se mistura outra vez ao líquido da seringa. Ele se havia preparado com cuidado especial e o seu desapontamento é tão grande que nos causa pena. Depois de uma breve conferência, concordamos que os consecutivos insucessos aconselhavam a desistir do tratamento, ao menos por enquanto. O próprio doutor Fukushima teme novo insucesso e não tem ânimo para sugerir outra tentativa. Quanto a mim, sinto-me tranquilo, finalmente.

Chego em casa às quatro da tarde. O arranjo floral da sala de estar tinha sido trocado. Amarantos e crisântemos num cesto de Rokansai. O mestre de *ikebana* deve ter vindo hoje de Kyoto. Quem sabe Satsuko não se esmerou com o secreto intuito de consolar este velho? Ou talvez tenha dedicado especial atenção ao arranjo pensando na eventualidade de que se transforme em decoração à cabeceira de um leito fúnebre... O quadro de Kafu, que pendera longo tempo na parede, também tinha sido trocado por outro de Tatehiko Suga, o eremita de Naniwa. O quadro é estreito e longo, e representa um farol iluminado. Tatehiko tem o hábito de acrescentar poemas chineses ou japoneses às suas pinturas. Sem fugir à regra, esta tem um poema da coletânea Man'yo-shu, escrito numa única linha, verticalmente.

Onde andas meu bem-amado, / Sargaço à deriva nos mares da vida, / Cruzas hoje acaso / As montanhas de Nabari?

Capítulo 6

9 DE NOVEMBRO

Dez dias são passados desde o episódio do Hospital X. Tenha um pouco de paciência e logo estará bom, vivia dizendo a minha velha e, realmente, a dor começa a dar trégua. Nos últimos tempos, vim usando apenas dois medicamentos: Grelan em nova formulação, e Sedes. Não sei se o quadro já tendia naturalmente a melhorar, mas fico admirado ao constatar que esses medicamentos oficinais foram capazes de proporcionar certo alívio. Com a volubilidade que me é costumeira, já começo a imaginar que estou apto para viajar em busca do jazigo ideal. É chegado o momento de ir a Kyoto resolver a questão que me vinha preocupando desde o começo da primavera.

10 DE NOVEMBRO

— Melhorou um pouco e já quer abusar? Realmente, você não toma jeito! Observe mais algum tempo de repouso, faça-me o favor. E se a dor lhe volta no trem, a caminho de Kyoto? — pondera minha velha.

— Já estou quase bom. Ademais, o inverno começa cedo em Kyoto e hoje já é 10 de novembro. Não tenho tempo a perder.

— E por que tem de ir ainda este ano? Por que não deixa para a próxima primavera?

— Estes assuntos não podem esperar, entende? Talvez seja a minha última visita a Kyoto...

— Lá vem você outra vez com seus comentários agourentos... E com quem pretende ir?

— Penso em pedir a Satsuko que me acompanhe também. Fico apreensivo de andar só com a Sasaki...

Na verdade, viajar com Satsuko é a principal meta da minha viagem a Kyoto, a busca do cemitério ideal não passa de pretexto.

— Vai se hospedar na casa da Itsuko, em Nanzenji?

— Não pretendo. Vou causar transtornos a ela. Lembre-se de que estou levando até uma enfermeira comigo. E tem Satsuko, também. Ela diz que por nada no mundo volta a hospedar-se em Nanzenji, me pediu encarecidamente que a poupasse.

— Mas se Satsuko vai, brigas acontecerão com certeza, hospedando-se você lá ou não.

— Vou me divertir muito se as duas se pegarem de verdade.

— Por falar em Nanzenji, as folhas dos bordos no templo Eikando devem estar rubras, no auge da coloração. Há anos não vejo esse espetáculo... — diz minha velha.

— É cedo para isso. Mas os bordos da área de Takao e Maki-no-o, ao contrário, devem estar em plena coloração. Pena que eu não possa ir tão longe com estas minhas pernas...

12 DE NOVEMBRO

Parto à tarde, no trem expresso Kodama das duas e meia. Minha velha, Oshizu e Nomura me acompanham até a plataforma. Eu havia previsto que me sentaria à janela, tendo Satsuko ao meu lado e Sasaki na poltrona seguinte, do outro lado do corredor. Mal o trem se põe em movimento, porém, desalojam-me do meu canto com o pretexto de que havia uma corrente de ar muito forte perto da janela e, em seguida, vejo-me sentado na poltrona anteriormente ocupada por Satsuko, perto da passagem. A dor na mão está forte, infelizmente. Pretextando sede, peço uma xícara de chá ao comissário de bordo e aproveito para tomar duas pílulas de Sedes que escondi no bolso para tais eventualidades, cuidando para não ser notado nem por Satsuko nem pela enfermeira. Não as quero perturbando-me o sossego. A pressão arterial, medida momentos antes da partida, era de 154 por 93. Uma vez dentro do trem, contudo, dou-me conta de que estou excitado. A viagem ao lado de Satsuko, a primeira em muitos meses, assim como o aspecto estranhamente provocante de suas roupas talvez fossem a causa da agitação. (Ela usava um tailleur de cor sóbria, mas a blusa era vistosa e, além disso, tinha ao pescoço um colar de pedras de cinco voltas — um adereço fantasia de procedência francesa, provavelmente —, que lhe pendia até a altura dos seios. Já vi alguns colares semelhantes de fabricação nacional, mas o de Satsuko tinha o fecho coberto de pedraria, detalhe impossível de ser reproduzido neste país.) Quando a minha pressão arterial sobe, passo a sofrer de polaciúria e me dá vontade de urinar com frequência, o que, por sua vez, aumenta ainda mais a pressão arterial. Não há como saber o que causa o quê. Fui ao banheiro uma vez antes de Yokohama, e outra, antes de Atami. O banheiro fica longe e, até chegar lá, cambaleio e quase caio diversas vezes. Aflita, Sasaki me acompanha de cada vez. Urinar, para mim, é um trabalho demorado: na segunda vez, por exemplo, já tínhamos passado pelo túnel de Tanna e eu ainda não tinha terminado. Quando enfim acabei e saí do banheiro, já estávamos nas proximidades de Mishima. Quase caí a caminho da minha poltrona: amparei-me no ombro de um estranho e me salvei por um triz.

— Sua pressão não estaria alta, senhor? — pergunta Sasaki mal me acomodo no meu lugar, aproximando-se imediatamente e tentando sentir-me o pulso. Irritado, afasto a sua mão.

A viagem, uma sucessão contínua desses acontecimentos, terminou finalmente por volta das oito e meia da noite com a chegada do trem a Kyoto. Itsuko, Kikutaro e Keijiro nos aguardavam na plataforma.

— Vocês foram muito gentis em vir nos receber. Espero não tê-los incomodado — agradece Satsuko com falsa humildade.

— Incômodo algum! Amanhã é domingo e estávamos sem fazer nada — responde um dos rapazes.

Sair da estação de Kyoto é um problema: há muitas escadas e pontes sobre trilhos.

— Venha, eu o levo a cavalo nas minhas costas — diz Kikutaro, agachando-se diante de mim e oferecendo-me as costas.

— Está brincando?! Não estou decrépito — replico.

Sasaki, porém, me faz o favor de apoiar-me as costas e de me empurrar escadas acima. Num esforço por aparentar disposição, subo de vez a escadaria sem tomar fôlego no patamar e acabo arquejante. Todos me olham preocupados.

— Quantos dias pretende ficar conosco desta vez? — pergunta Itsuko.

— No mínimo uma semana. Vou me hospedar uma noite em sua casa também, mas não hoje. Por ora, ficamos no Hotel Kyoto.

Embarco às pressas no carro, antes que me venham com perguntas inoportunas. A família Shiroyama nos segue em outro carro até o hotel.

Eu havia reservado dois quartos contíguos: um, com duas camas e o outro, com uma.

— Enfermeira, fique com o quarto ao lado. Eu e Sa-tchan ocuparemos este — resolvo.

É a primeira vez que digo "Sa-tchan" diante de Itsuko e dos seus filhos. Itsuko está com uma expressão estranha no rosto.

— Prefiro dormir sozinha. A enfermeira Sasaki ficará com o senhor, vovô — replica Satsuko.

— Por quê? Por que não dorme no meu quarto, como em Tóquio? — digo de propósito, só para informar Itsuko. — Afinal, a enfermeira estará no quarto ao lado, não precisamos nos preocupar. Vamos, durma comigo, Sa-tchan!

— Quero ter a liberdade de fumar no quarto.

— Pois fume, ora! À vontade!

— Não quero ser repreendida pela enfermeira.

— O senhor anda tossindo muito — acode Sasaki. — Se fumarem no seu quarto, vai ter uma crise na certa.

— Faça-me o favor de trazer essas malas para o quarto ao lado, carregador — diz Satsuko sem nos dar maior atenção e dirigindo-se com passos decididos para o outro aposento.

— E a mão? Já sarou? — pergunta Itsuko, saindo pela primeira vez do estupor em que a meti desde que chegamos ao hotel.

— Quem lhe disse? Ainda dói o tempo todo.

— Verdade? A vovó me escreveu dizendo que o senhor já se tinha curado por completo! — admira-se Itsuko.

— Foi o que eu disse à vovó para ela largar do meu pé.

Depois de despir o casaco, mudar a blusa, trocar o colar por um de três voltas de pérolas e ainda refazer a maquiagem, Satsuko tornou a aparecer.

— Estou morta de fome, vovô! Vamos para o restaurante de uma vez.

Itsuko e os filhos já tinham jantado, de modo que nos sentamos apenas os três à mesa do restaurante. Mando servir um vinho do Reno especialmente para Satsuko. Ela adora ostras e come muitas, alegando que as servidas ali eram boas porque provinham da baía de Matoya. Terminada a refeição, reunimo-nos com Itsuko e os filhos no saguão e conversamos por quase uma hora.

— Posso fumar agora, não posso, enfermeira? A fumaça aqui vai se dispersar facilmente — declara Satsuko, retirando da bolsa um cigarro Kool, seu favorito.

Contra os seus hábitos, usa uma piteira carmim, longa e fina. E talvez para combinar com a cor da piteira, o esmalte das unhas também é rubro. Assim como o batom. Os dedos, porém, são de uma alvura extraordinária. Creio que Satsuko fez isso de caso pensado: o objetivo era exibir o contraste entre o vermelho e o branco da própria pele diante de Itsuko...

13 DE NOVEMBRO

Às dez da manhã, dirijo-me à residência dos Shiroyama, situada em Shimo-Kawaramachi, no bairro de Nanzenji. Satsuko e a enfermeira Sasaki me acompanham. Segundo dizem, esta é a segunda vez que os visito ali, mas não guardo a mínima lembrança da primeira. Os Shiroyama moravam inicialmente na área de Yoshidasan e, nessa época, recordo-me de haver frequentado a casa deles. Contudo, com a morte de Kuwazo Shiroyama, marido de Itsuko, e com a mudança posterior da família para a área de Nanzenji, minhas visitas rarearam. Hoje é domingo e Kikutaro, que trabalha numa loja de departamentos, não está em casa. Encontro apenas Keijiro, estudante de engenharia na Universidade de Kyoto. Satsuko pede-me que a libere em seguida, pois não acha nada divertido andar comigo em busca de cemitérios. Pretende fazer compras em Kirihata ou no Takashimaya, da rua Shijo e, mais tarde, seguir para os lados de Takao a fim de apreciar o espetáculo de cores dos bordos dessa região, mas não lhe agrada a ideia de ir sozinha. Ninguém se habilita a me acompanhar?, pergunta. É bem melhor que peregrinar por cemitérios, declara Keijiro, oferecendo-lhe prontamente os préstimos de cicerone. Acordo feito, Satsuko e Keijiro partem primeiro. Itsuko, Sasaki e eu almoçamos no restaurante Hyotei. Depois, resolvemos começar visitando o templo Honen'in, em Shishigatani, passando em seguida por Shin'nyodo, em Kurotani, e por último por Manju'in, nos arredores de Ichijoji. À noite, pararíamos na hospedaria Kiccho, em Saga, onde Satsuko e Keijiro, assim como Kikutaro, nos encontrariam para jantar.

Em tempos idos, meus antepassados eram provavelmente mercadores da área de Oumi. Há cinco ou seis gerações, porém, mudaram-se para Tóquio, então denominada cidade de Edo, onde eu mesmo nasci na rua do Esgoto, no bairro de Honjo. Sou portanto um genuíno *edokko*. A despeito disso, a Tóquio dos últimos tempos me desgosta. Kyoto, em contrapartida, tem um certo ar que me faz lembrar a Tóquio antiga, desperta em mim uma grande ternura. Mas quem são os responsáveis pela transformação da minha querida Tóquio nesta urbe caótica e desprezível de hoje? Nada mais, nada menos que essa corja de políticos, esse bando de provincianos recém-saído dos campos e que invadiu a cidade, gente que não tem sequer ideia do quanto foi formosa a cidade de Tóquio. Foram os políticos que transformaram os belos rios sob as pontes Nihonbashi, Yoroibashi, Tsuijibashi e Yanagibashi em fétidos esgotos negros a céu aberto! Essa gente nem chegou a conhecer o rio Sumidagawa dos tempos em que nele nadavam cardumes de manjubas.

Uma vez morto, talvez pouco importe o local onde somos enterrados. Eu, porém, recuso-me a ser sepultado em Tóquio, terra desagradável pela qual já não sinto afinidade. Se possível, gostaria até de transferir os túmulos dos meus pais e avós para outras terras. Hoje, eles não dormem nos jazigos onde foram sepultados. Meus avós e meus pais repousavam originariamente no cemitério de um templo da seita Hokke, situado próximo ao rio Onagi, em Fukagawa.

Alguns anos depois, toda a área foi transformada em parque industrial e o templo teve de se transferir para Ryusenji-machi, em Asakusa, mas dali também foram obrigados a se mudar depois do grande terremoto e do incêndio de 1923. Atualmente, descansam no cemitério de Tama. Em Tóquio, um ser humano não encontra paz mesmo depois de morto, é incessantemente arrastado de um lado para o outro. Nesse aspecto, Kyoto é mais segura, sem dúvida alguma. Posso ser um *edokko* genuíno, mas quem é capaz de saber com certeza o que éramos há cinco ou seis gerações? Imagino que os meus antepassados também viviam na área de Kyoto há algumas centenas de anos. Mais importante que tudo isso, porém, é saber que, se eu for sepultado em Kyoto, a minha gente de Tóquio virá sempre me ver.

— Ah, é nesse templo que dorme o velhinho — dirão as pessoas, interrompendo seus passeios turísticos e parando para acender um incenso por minha alma.

É muito melhor ter uma sepultura em Kyoto do que num cemitério do desconhecido distrito setentrional de Tama, bairro de Tóquio alheio à cultura dos *edokko*.

— Nesse aspecto, creio que o templo Honen'in é o mais adequado — me diz Itsuko enquanto ainda descíamos as escadarias do templo Manju'in. — O Manju'in situa-se longe das rotas dos passeios. O mesmo se pode dizer do Shin'nyodo, em Kurotani: ninguém vai se dar ao trabalho de subir aquela longa ladeira de acesso se não tiver um bom motivo.

— Também sou da mesma opinião — digo.

— Honen'in, ao contrário, situa-se atualmente no meio da cidade. A linha férrea passa bem perto e, na época de floração das cerejeiras, o local se torna bem movimentado. Apesar disso, uma vez dentro dos muros do templo, o silêncio é grande e o ambiente, apaziguante. Creio que Honen'in é, sem dúvida, a melhor opção.

— Acha que me cederão o terreno para o jazigo? Posso até me transferir para a seita Jodo, já que não aprecio a seita Hokke, do grupo Nichiren.

— Eu conheço o monge do Honen'in porque gosto de passear por aqueles lados. Há alguns dias, falei-lhe do seu desejo e ele me disse que o atenderia. Acrescentou que não fazem restrição quanto à seita, não se importam que o senhor seja do Nichiren.

Demos portanto por encerrada a busca e retornamos desde Daitokuji até Kitano, e de lá até a hospedaria Kiccho, passando por Omuro, Shakado e Tenryuji. Era cedo ainda, nem Satsuko nem Kikutaro tinham chegado. Reservo um aposento e descanso algum tempo. Logo, Kikutaro chega, assim como Satsuko e Keijiro, quase às seis e meia da tarde. Ela explica que retornou uma vez ao hotel antes de vir para cá.

— Demorei? — pergunta.

— Bastante. Para que voltou ao hotel? — quero saber.

— Para me trocar. Parece-me que vai esfriar bastante. Tome cuidado para não se resfriar, vovô.

Satsuko está usando uma blusa branca e, sobre ela, uma malha azul entretecida com fios de lamê prateado. Na certa, estava louca para usar a roupa recém-adquirida numa daquelas lojas da rua Shijo. Tinha também trocado o anel e, por alguma razão obscura para mim, usava o polêmico olho-de-gato.

— E então? Escolheram o cemitério?

— Em linhas gerais, optei pelo Honen'in. Parece-me que já tenho o consentimento da direção do templo.

— Que bom! Quando retornamos a Tóquio, nesse caso?

— Como assim? Minha missão está longe de terminar!

Agora, vou convocar o canteiro do templo e trocar ideias com ele a respeito do estilo da pedra tumular. Não vai ser fácil escolher.

— Ora, pensei que o senhor já tivesse escolhido. Durante muito tempo, eu o vi folheando um livro de escultura em pedra... Lembro-me de ouvi-lo afirmar que o seu túmulo teria um daqueles monumentos de pedra simbolizando os cinco ciclos, de formato semelhante às lanternas de jardim.

— Mudei de ideia, entende? Começo a achar que não tem de ser necessariamente o dos cinco ciclos.

— Não vou opinar porque não entendo do assunto. De qualquer modo, não me diz respeito...

— Engana-se, meu... — começo a dizer, interrompo-me e retifico — ... Satsuko. Tem tudo a ver com você.

— Como assim?

— Logo saberá.

— Seja como for, gostaria de ver o assunto resolvido de uma vez por todas e ir embora.

— Para que tanta pressa? Boxe outra vez?

— Mais ou menos.

Os olhares de Itsuko, Kikutaro, Eijiro e Sasaki convergem nesse instante, casualmente, para o anel no dedo anular da mão esquerda de Satsuko. Ela continua imperturbável, nada a constrange. Está sentada na almofada com as pernas estendidas para o lado. A pedra brilha na mão pousada sobre o joelho.

— Essa gema é o olho-de-gato, tia? — pergunta Kikutaro abruptamente, tentando talvez quebrar o silêncio constrangido.

— Exatamente.

— E isso chega a custar milhões de ienes?

— Olhe como fala, faça-me o favor! "Isso" é uma joia de três milhões de ienes.

— Não deve ser fácil arrancar três milhões de ienes do vovô! Estou abismado com a sua capacidade, tia!

— Você me faria a gentileza de não dizer "tia", Kikutaro? Afinal, você já está bem crescidinho, não pode sair por aí me chamando de titia. Esqueceu-se de que temos apenas uma diferença de três anos em nossas idades?

— E como vou chamá-la então? Três anos mais velha ou não, você é realmente minha tia, não é?

— Pare de me chamar de tia, diga "Sa-tchan", combinado? E você também, Keijiro. Caso contrário, não falo mais com vocês.

— Mas tia... (ora, desculpe), você talvez não se incomode, mas o tio Jokichi não vai gostar...

— Jokichi? Ele não tem que gostar ou desgostar. Se reclamar, vai ouvir!

— O vovô talvez possa chamá-la "Sa-tchan", mas não os meus filhos — interrompe Itsuko com um sorriso contrafeito. — Vamos ficar neste meio-termo: Satsuko.

Deixando de lado Itsuko, que não gosta de beber, Sasaki, que até gosta mas está se contendo, e eu, que fui estritamente proibido pelos médicos, Satsuko e os dois irmãos se confraternizam em torno de algumas garrafas e acabamos de jantar quase às nove. Satsuko acompanhou Itsuko e os filhos até Nanzenji e retornou posteriormente sozinha ao Hotel Kyoto. Sasaki e eu dormimos na hospedaria Kiccho porque já era tarde e eu precisava descansar.

14 DE NOVEMBRO

Levanto-me às oito da manhã aproximadamente. Para a refeição matinal, peço uma especialidade desta região de Saga, o tofu produzido no templo Shakado. Mando embalar em saco plástico outra porção para dar a Itsuko. Às dez horas, apanho-a na casa dela e juntos nos dirigimos ao templo Honen'in. Hoje, Satsuko disse que pretende ligar para uma casa de chá em Hanami-kouji e contactar algumas gueixas de Gion que conheceu no verão passado, quando aqui esteve em companhia de Haruhisa. Vai almoçar com elas e, em seguida, assistir a um filme no S.Y., na área de Kyogoku. À noite, pretende levá-las para dançar numa boate. Itsuko me apresenta ao superior do Honen'in, e eu lhe peço imediatamente que me mostre os terrenos disponíveis. A calma e o isolamento no interior do templo correspondem ponto por ponto à descrição de Itsuko. Eu também já havia visitado este templo em duas ou três ocasiões anteriores e, de cada vez, me admirava e me perguntava como podia existir tamanho poço de tranquilidade no meio de uma cidade grande. Basta lançar um olhar e já se percebe a diferença entre este cenário e a lixeira em que se transformou a cidade de Tóquio. Congratulo-me por minha escolha. No caminho de volta, paramos no Tankuma e almoçamos. Retorno ao hotel quase às duas da tarde. Às três, o canteiro especializado em túmulos — contactado talvez pelo superior do Honen'in — me procura. Reunimo-nos no saguão. Itsuko e Sasaki participam do encontro.

Tenho cá comigo diversas ideias a respeito do estilo da escultura que marcará meu túmulo, mas não consegui decidir-me por nenhuma delas até agora. É verdade que, depois de morto, o tipo de marco sob o qual repousamos não deve fazer muita diferença. Ainda assim, essa questão me incomoda. Eu não quero uma pedra qualquer sobre meus despojos. Abomino especialmente essas lápides retangulares e lisas, tão na moda hoje em dia, sobre cujas superfícies são gravados o nome secular e a denominação póstuma budista do falecido, e em cuja base são cavados dois orifícios, um para o incenso e outro para a água. O modelo é banal, deselegante demais para mim, que sou ranzinza por natureza. Que me perdoem meus pais e avós, mas prefiro lápides diferentes daquelas que ornam os túmulos deles: no meu, quero um monumento alusivo aos cinco ciclos.[9] O modelo nem precisa ser muito antigo. Dou-me por feliz se se parecer com os do fim do período Kamakura (1185-1333), como, por exemplo, aquele existente no templo Anrakuju'in, em Uchihata-machi, no distrito de Fushimi, e sobre o qual Masataro Kawakatsu comenta em seu livro que, com a esfera representativa da água se estreitando na direção da base em forma de pote, a base da pirâmide do fogo formando um beiral espesso e de acentuado arqueamento, e o volume do vento e do ar bem caracterizados, essa escultura se constitui num dos memoriais mais representativos do período Kamakura médio e final. Ou senão, com o outro, existente no templo Zenjoji, da vila Ujitawara, no distrito rural de Tsuzuki, aparentemente um modelo típico do período Yoshino (439-589), bastante comum na área cultural ao sul de Yamato.

Mas eu tinha também mais uma ideia em mente. No livro escrito por Masataro Kawakatsu, vi a foto de uma escultura

---

9 No original, *gorin-tou*: pequenos monumentos à beira de túmulos semelhantes em seu aspecto geral às lanternas de pedra dos jardins japoneses. São constituídos de cinco blocos de pedra sobrepostos representando, de baixo para cima, os cinco elementos: terra (base) em forma de paralelepípedo; água, de esfera; fogo, de pirâmide de base triangular; vento, de meia esfera; e ar ou nada, de labareda. [N.T.]

existente no templo Sekizou-ji, situado em Senbon-Kamitachiuri, ao norte de Kyoto, representando uma trindade: a imagem central é de um buda Jou'in-mida sentado, velado por dois *bodisatvas*, Kannon e Seishi, ambos em pé e, respectivamente, à direita e à esquerda de quem olha. As três imagens são maravilhosas em sua beleza. A escultura do *bodisatva* Kannon está levemente danificada, mas a do Seishi encontra-se integralmente preservada. Os dois *bodisatvas* estão representados com todos os acessórios minuciosamente esculpidos: coroa, colar de pingentes, veste celestial e auréola. Seishi tem representado em sua coroa o vaso para a água votiva, e junta as mãos em prece. "Raras são as esculturas budistas em granito tão belas quanto esta (…) Uma inscrição nas costas da figura central revela que foi consagrada no ano II do período Gennin (1225). Em todo o país, esta é a mais antiga imagem esculpida num único bloco de granito desde a base até a auréola, um arquétipo da estatuária budista do período Kamakura que, por isso mesmo, se constitui em preciosa relíquia", diz o texto. Ao ver a ilustração, ocorreu-me repentinamente uma ideia: e se eu mandasse esculpir a figura de Satsuko à semelhança de um *bodisatva*, algo que lembrasse secretamente Kannon ou Seishi, e transformasse essa imagem em monumento para o meu túmulo? Afinal, não creio mesmo em deuses ou em Buda, e tanto me faz pertencer a esta ou àquela seita. Para mim, deus ou Buda só pode ser Satsuko, mais ninguém. Repousar sob a imagem de Satsuko seria a concretização do meu mais caro desejo.

O único problema é a maneira de realizar este sonho. Sou capaz de ocultar a identidade da modelo da própria Satsuko, da minha velha, de Jokichi ou de qualquer um. Basta que a semelhança com Satsuko não seja óbvia, e que a imagem sugira apenas levemente a modelo. Eu evitaria o granito, usaria uma pedra mais porosa, *shoko*, provavelmente, para esta imagem de formas as mais vagas possíveis. Podendo, tornaria a semelhança óbvia apenas para mim, ninguém mais a notaria. Considero a façanha perfeitamente viável. O único problema é que eu teria de revelar a identidade da modelo ao escultor. E quem aceitaria esta difícil missão? Nenhum escultor medíocre, com certeza. E eu não tenho amigos escultores, infelizmente. Supondo, porém, que tivesse, e supondo também que esse escultor possuísse uma técnica admirável, aceitaria ele o meu pedido caso viesse a saber a razão por trás de tudo? Será que o meu hipotético amigo se prestaria de bom grado a realizar esse sonho maluco, um sacrilégio, em suma? Quanto mais respeitada fosse sua arte, maior não seria a veemência com que me rechaçaria? (Nem eu, aliás, teria coragem de lhe fazer um pedido tão impudente. Ele seria capaz de pensar: o velhinho deve estar demente! Fico constrangido só de imaginar a situação.)

Neste ponto do meu raciocínio, percebo que existe mais uma possibilidade: uma escultura talvez exigisse a técnica de um especialista, mas uma gravação rasa, a traço, estaria à altura de qualquer profissional mediano, não estaria? Kawasaki estampa em seu livro um exemplar: budas gravados em quatro faces de uma pedra, no santuário Imamiya, no bairro do mesmo nome, distrito de Kamigyo. "Budas das Quatro Direções: gravação a traço em pedra finamente texturizada denominada granito de Kamogawa, medindo aproximadamente sessenta centímetros quadrados. Trabalho a buril", explica o texto. "Executada no ano II do período Tenji (1125), fim da era Heian, esta relíquia é uma importante lembrança das antigas imagens búdicas do nosso país." O livro estampa também, uma a uma, cópias decalcadas das quatro imagens: *tathagatas* Amida, Shaka e Yakushi, e *bodisatva* Miroku.

O livro traz ainda mais uma cópia decalcada de um *bodisatva* Seishi sentado, parte de outra trindade Amitaba em gravura a traço. "Conforme mostra a ilustração, esta trindade, burilada em três faces de um bloco alto de granito natural, é apresentada descendo à terra ao encontro de uma alma, a imagem do *bodisatva* Seishi aqui estampada sendo a melhor preservada. Este Seishi escoltando Amitaba e descendo obliquamente à terra numa nuvem é uma imagem bela. De joelhos, mãos postas em prece e veste celestial drapeando ao vento, é a própria representação da atmosfera da era Heian em seu período final e da arte dos budas salvadores", diz o texto. Os budas sentados estão geralmente com as pernas cruzadas em pose masculina, mas este Seishi une os joelhos femininamente. A imagem me atrai...

15 DE NOVEMBRO (CONTINUAÇÃO)

Não quero budas em quatro faces de pedras para mim, basta-me apenas um único *bodisatva* Seishi. Portanto, não preciso de um bloco de pedra com quatro faces, basta-me uma lousa de espessura conveniente, sobre cuja superfície a figura de um *bodisatva* possa ser gravada. No verso da lousa, mandaria registrar meu nome secular, a idade e, se necessário, a denominação póstuma budista. Infelizmente, não conheço a técnica da gravação a buril. Na minha infância, eu costumava ir a festivais realizados em templos e encontrava pelas ruas muitas barracas vendendo amuletos de latão. Nestes, artesãos gravavam, com instrumentos de corte guinchantes parecidos com cinzéis, o nome, o endereço e a idade das crianças. As letras surgiam com facilidade em linhas finas. Talvez aquilo fosse um buril. Se era, deve ser relativamente fácil não só trabalhar com ele, como também mandar executar o serviço sem dar a conhecer a identidade da modelo. Para começar, eu procuraria na área de Nara um fabricante de artigos sacros que soubesse desenhar, e lhe pediria para fazer um esboço do *bodisatva* Seishi, tendo por modelo aquele que faz parte dos Budas das Quatro Direções, do santuário Imamiya. Em seguida, mostraria a ele fotos de Satsuko nas mais variadas poses e lhe pediria que refizesse rosto, tronco, pernas e braços da imagem, de modo a torná-los semelhantes aos da foto. Com o esboço na mão, eu procuraria um burilista e lhe pediria para traçar a gravura de acordo com o desenho. Seguindo esse método, eu não só não correria o risco de ter o segredo devassado, como também obteria a escultura dos meus sonhos. Desta forma, eu poderei dormir o sono eterno sob a imagem de uma *bodisatva* Satsuko, com sua coroa sobre a fronte, o colar de pingentes ao peito e as vestes celestiais drapejando ao vento — minha Satsuko gravada em pedra.

Com Itsuko e Sasaki ao lado, o canteiro e eu trocamos ideias no saguão do hotel desde as três até as cinco da tarde. Eu naturalmente não dei a perceber, nem ao canteiro nem às duas mulheres, que Satusko seria a modelo. Fiz apenas pose de especialista e exibi o conhecimento que obtive através da leitura do livro de Masataro Kawakatsu. Falei-lhes dos monumentos tumulares das eras Heian e Kamakura alusivos aos cinco elementos, dos Budas das Quatro Direções do santuário

Imamiya, da gravura a traço representando o *bodisatva* Seishi sentado com os joelhos unidos, coisas que muito espantaram meus ouvintes, mas guardei bem fundo no meu íntimo o projeto da minha *bodisatva* Satsuko: esse detalhe não revelei a ninguém.

— E então, por qual modelo vai optar, senhor? — perguntou-me a certa altura o canteiro. — Eu mesmo não ouso opinar mais nada porque o seu conhecimento da matéria é profundo, maior até que o de muitos especialistas.

— Aí está a dificuldade: não sei por qual decidir. Além do mais, acabo de ter neste instante uma outra ideia, de modo que lhe peço mais alguns dias para pensar. Quando me definir melhor, entrarei em contato. Por hoje, agradeço-lhe a atenção.

Depois que o canteiro se retirou, Itsuko também se foi. Eu mesmo volto ao quarto e mando chamar um massagista.

Depois do jantar, tomo a súbita resolução de sair e mando chamar um táxi.

— Aonde vai a esta hora, senhor? A noite está fria, deixe para amanhã! — intervém Sasaki, assustada.

— Não vou longe, é logo ali. Eu até podia ir a pé.

— Nem pense nisso! A velha senhora me recomendou com insistência que tomasse cuidado com o frio das noites de Kyoto.

— Tenho de fazer umas compras com urgência! Venha junto, enfermeira, se quiser. É uma tarefa de cinco ou dez minutos.

Como eu me preparava para sair ignorando qualquer advertência, Sasaki me segue transtornada. Meu destino é uma loja especializada em pincéis e tinta *sumi*, a Chikusuiken, na rua Nijo, a leste da Kawaramachi. Não dista mais que cinco minutos do hotel. Sento-me ao balcão da loja, cumprimento o proprietário do estabelecimento, um velho conhecido, e lhe compro, ao preço de dois mil ienes, um bastonete da melhor tinta *sumi* vermelha, do tamanho do dedo mínimo. Além disso, adquiro por outros dez mil ienes uma pedra *suzuri* de Tankei para raspar a tinta — *suzuri* que, segundo dizem, pertenceu ao falecido Tetsujo Kuwano —, assim como vinte folhas grandes de papel chinês branco, debruado de ouro.

— Não o tenho visto muito ultimamente, mas o senhor continua bem-disposto, como sempre — diz-me o dono da loja.

— Bem-disposto? Quisera eu! Aliás, estou aqui em busca de um jazigo para mim. Quero estar preparado para morrer a qualquer momento.

— Não brinque, senhor! Vai viver muitos anos ainda, tenho certeza... E então, isso é tudo por hoje? Gostaria de examinar uma caligrafia de Tei Hankyo?

— Se possível, gostaria, isto sim, que me vendesse alguns artigos que talvez lhe pareçam um tanto estranhos, mas...

— Que artigos, senhor?

— Cerca de meio metro dessa seda vermelha de forrar, e um punhado de algodão para rechear almofadas.

— Um pedido inusitado, sem dúvida alguma! Que pretende fazer com essas coisas?

— É que me surgiu repentinamente a necessidade de imprimir uma cópia. O material é para fazer uma boneca.

— Ah, agora entendi: uma boneca para entintar a chapa. Devo ter lá dentro alguma coisa que sirva... Vou mandar minha mulher procurar imediatamente.

Alguns minutos depois, o homem retornou do fundo da loja com o pedaço de seda e o algodão.

— Isto serve?

— Claro! Vou usá-lo imediatamente. Quanto lhe devo por mais estes artigos?

— Nada, naturalmente. Tenho muito mais lá dentro, caso precise. Basta pedir, senhor.

Sasaki me olha atônita, não faz ideia da finalidade de tudo aquilo.

— Pronto, acabei. Vamos embora — digo, embarcando no carro às pressas.

Satsuko não havia retornado ao hotel ainda.

16 DE NOVEMBRO

Hoje, devo repousar o dia inteiro no hotel. Eu mesmo sentia a necessidade de um descanso para refazer as forças, pois nos últimos quatro dias andei em atividade inusitada, sobrecarregando-me também com as trabalhosas anotações em meu diário. Ademais, eu havia prometido a Sasaki que, hoje, lhe daria folga o dia de inteiro. Ela é nascida na província de Saitama, nunca havia estado na região de Kansai, e aguardara com certo prazer esta nossa viagem, tendo até me pedido antecipadamente permissão para visitar Nara durante a nossa estada em Kyoto. Estabeleci então que a sua folga seria hoje — eu tinha algumas ideias na mente — e que Itsuko a acompanharia na qualidade de cicerone: afinal, fazia já algum tempo que Itsuko não visitava Nara, e eu a convenci a aproveitar a oportunidade. Ela é do tipo caseiro, não gosta de sair para distrair-se. Mesmo no tempo em que Kuwazo, o marido, era vivo, o casal dificilmente viajava. Achei portanto que lhe faria bem visitar os templos de Nara, pois assim ela talvez pudesse me trazer referências proveitosas neste momento em que eu me dedicava à escolha do jazigo. Aluguei, assim, um táxi para levá-la aonde quisesse durante o dia inteiro, e recomendei-lhe: a caminho, pare no templo Byodo'in, em Uji e, uma vez em Nara, não deixe de visitar os templos Todaiji e Shin-Yakushiji, assim como o Hokkeji e o Yakushiji, a oeste de Kyoto. Os pontos turísticos eram muitos e as duas mulheres seriam obrigadas a andar em ritmo de marcha forçada para visitá-los todos num único dia. Contudo, se elas saíssem cedo de casa levando, por exemplo, um lanche de sushi de enguia de Izuu, e se até a hora do almoço concluíssem ao menos a visita ao Todaiji, podiam então parar numa das barraquinhas de chá diante da estátua do Grande Buda e ali comer o lanche. Em seguida, podiam visitar Shin-Yakushiji, Hokkeji e Yakushiji. Os dias nesta época do ano são curtos, de modo que teriam de correr para terminar as visitações antes do escurecer. Em seguida, parariam no Hotel Nara, jantariam e retornariam para Kyoto. Não fazia mal que chegassem tarde da noite, bastava apenas que voltassem ainda hoje. Disse-lhes também que fossem despreocupadas, pois Satsuko ficaria no quarto comigo o dia inteiro.

Às sete da manhã, Itsuko surge de táxi no hotel para apanhar Sasaki.

— Bom dia, vovô. Vejo que continua madrugador — diz-me ela, retirando, de um embrulho maior, dois volumes pequenos embalados em folhas de bambu e depositando-os sobre a mesinha de cabeceira. — Comprei os sushis de enguia de Izuu ontem à noite e trouxe-lhe alguns. Coma-os com Sa-tchan.

— Ótimo!

— Quer que lhe traga alguma especialidade de Nara? Um *mochi* de ervas, talvez?

— Não quero nada disso, mas não se esqueça de uma coisa: ao passar por Yakushiji, faça uma devoção diante das Pegadas de Buda.

— Pegadas de Buda?

— Isso mesmo. Pegadas de Buda Shakyamuni, esculpidas em pedra. Os pés de Buda são miraculosos. Ao andar, Buda flutua a quase doze centímetros do chão, mas, ainda assim, imprime no solo uma marca existente na sola dos seus pés, a roda dos mil raios. Diz-se que vermes e insetos sob suas pegadas vivem sete dias a salvo de qualquer dano. Essas pegadas foram esculpidas em pedra e preservadas tanto na China como na Coreia. No Japão, elas estão guardadas no templo Yakushiji, em Nara. Não se esqueça de prestar-lhes tributo.

— Não me esquecerei. Bem, vou indo. Cuidarei da enfermeira Sasaki, não se preocupe. E quanto ao senhor, vovô, juízo, ouviu? Não cometa excessos.

— Bom dia! — diz Satsuko entrando nesse instante. Vem do quarto ao lado, sonolenta, esfregando os olhos.

— Não sabe quanto lhe sou grata por me substituir, senhora. Ah, mas que pecado! Obriguei-a a acordar cedo, deve estar morta de sono! Que lástima, sinto tanto, realmente... — diz Sasaki, desmanchando-se em mil desculpas, mas saindo mesmo assim com Itsuko.

Satsuko, que está usando um roupão azul acolchoado sobre o négligé e chinelos de cetim também azul e estampa floral cor-de-rosa, não quer dormir na cama da enfermeira: prefere jogar-se no sofá, enrolando as pernas numa manta de lã xadrez nas cores preta, vermelha e azul, que eu uso em viagens. Descansa então a cabeça no travesseiro que trouxe do próprio quarto e trata de retomar o sono interrompido. Deitada de costas, mantém o narizinho apontado para o teto e os olhos fechados, evita conversar comigo. Não consigo saber se está com sono porque voltou tarde da boate na noite passada, ou se finge dormir para não ser importunada.

Eu me levanto, lavo o rosto, chamo o serviço de quarto e encomendo chá-verde. Em seguida, saboreio os sushis de enguia em silêncio para não perturbar o sono de Satsuko. Três são mais que suficientes para a minha refeição matinal. Acabo de comer, mas ela não desperta.

Apanho o *suzuri* que adquiri na Chikusuiken e o ponho sobre a mesa. Em seguida, abasteço-me de tinta vermelha, raspando calmamente o bastonete e dissolvendo-o em um pouco de água, só parando quando o vejo reduzido à metade do tamanho inicial. Depois, separo nacos do algodão e faço bolotas grandes e pequenas — as maiores com cerca de sete centímetros de diâmetro, as pequenas, com dois centímetros —, e as envolvo na seda vermelha. Desse modo, obtenho quatro bonecas, duas grandes e duas pequenas.

— Posso me ausentar por trinta minutos, vovô? Vou comer alguma coisa no restaurante — diz Satsuko nesse instante. Ela havia acordado sem que eu percebesse e se sentara no sofá. Com os joelhos espiando pela abertura do roupão, lembra a imagem do *bodisatva* Seishi.

— Para que ir ao restaurante? Temos sushis de enguia, coma-os aqui mesmo.

— É mesmo? Nesse caso...

— Desde o jantar no Hamasaku, esta é a primeira vez que comemos enguia juntos, não é, meu bem?

— É, realmente... E em que tanto se ocupa desde cedo, vovô?

— Nada de mais.

— Que pretende fazer com tanta tinta vermelha?

— Não faça perguntas e coma.

Cenas presenciadas fortuitamente na juventude podem ser-nos úteis um dia, nunca se sabe. Estive duas ou três vezes na China a passeio, e tanto lá como em algumas localidades do Japão, deparei-me algumas vezes com pessoas tirando cópias ao ar livre. Os chineses são muito hábeis nesta técnica: mesmo em dias de vento, molham pincéis, estendem uma folha de papel branco sobre a superfície a ser copiada, umedecem o papel para que adira à superfície e batem a tinta por cima em seguida, obtendo magníficas reproduções apesar da aparente displicência com que realizam a tarefa. Os japoneses, pelo contrário, dedicam-se a essa atividade com cuidadosa, nervosa minúcia: embebem em *sumi* almofadas de carimbo ou bonecas de todos os tamanhos, e vão decalcando e copiando cuidadosamente cada traço, por menor que seja. A tinta pode ser tanto preta como vermelha. Eu costumava sentir especial atração pelas reproduções em *sumi* vermelho.

— Os sushis estavam ótimos. Há tempos não como destes — comenta Satsuko entre um gole e outro de chá.

— Está vendo estas bolotas feitas de algodão e seda? São chamadas bonecas — digo.

— Para que servem?

— São embebidas em *sumi* preto ou vermelho para entintar a superfície de pedras e tirar cópias das gravações nelas existentes. Gosto mais das cópias em vermelho.

— Que pedra? Não estou vendo nenhuma.

— Não preciso de pedra porque vou entintar outra coisa.

— Que outra coisa?

— A sola do seu pé. Vou entintá-la e reproduzi-la em vermelho.

— Para quê?

— Pretendo mandar fazer uma pegada búdica do seu pé, Sa-tchan. E quando eu morrer, vou pedir que enterrem meus ossos debaixo dessa pegada. Desse modo, terei com certeza uma admirável passagem para o outro mundo, calma e pacífica.

Capítulo 7

17 DE NOVEMBRO (CONTINUAÇÃO)

De início, eu não pretendia revelar por que precisava copiar-lhe a planta do pé. Achava que não devia dar a conhecer, nem à própria Satsuko, que mandaria esculpir uma pegada búdica com o molde do pé dela, transformando-a em um monumento tumular sob o qual eu, Tokusuke Utsugi, teria meus ossos sepultados. Ontem, porém, mudei repentinamente de ideia, achei melhor revelar-lhe a verdade. E por quê? Por que abrir meu coração a ela?

Primeiro, porque queria observar-lhe a fisionomia, verificar suas emoções no momento da revelação. Segundo, porque queria saber o que Satsuko, já ciente do que eu pretendia, sentiria no momento em que visse a planta do próprio pé sendo impressa, vermelha sobre o papel branco. Tenho certeza de que Satsuko, sempre tão orgulhosa da beleza dos próprios pés, não conseguirá reprimir a satisfação ao vê-los tomando a forma de uma rubra pegada búdica. Era essa alegria que eu queria testemunhar. "Que loucura!", dirá ela, não há dúvida, mas imagino a sua felicidade íntima. Terceiro, porque tenho certeza de que, depois da minha morte num futuro não muito distante, Satsuko não conseguirá se abster de pensar: "O velho tolo dorme o sono eterno debaixo dos meus belos pés. Mesmo enterrado, continuo pisando-lhe os ossos." E exultará em certa medida, mas horrorizar-se-á muito mais. E para não se horrorizar, tentará esquecer, o que não lhe será fácil: a lembrança talvez a acompanhe o resto dos seus dias. Pois, caso me dê vontade, este será o único meio de ajustar contas com ele depois de morto, já que em vida devotei-lhe um amor cego. Uma vez morto, porém, tais vontades cessariam? Não consigo achar que sim. Pela lógica, a vontade cessa no momento em que o corpo deixa de existir, mas não necessariamente. Por exemplo, parte da minha vontade poderia transportar-se para a vontade dela, e ali subsistir. E quando ela pensasse: "Estou pisando os ossos do velho caduco debaixo da terra", minha alma, que estaria viva nalgum lugar, sentiria o peso do seu corpo, sentiria dor, sentiria a tenra planta dos seus pés. Hei de sentir, mesmo depois de morto. Por que não? Da mesma forma, Satsuko perceberia a minha alma suportando-lhe o peso e regozijando-se sob a terra. Pode ser então que ela até ouça o estalar seco dos meus ossos entrechocando-se, rindo e cantando, rangendo. Nem será preciso que ela pise efetivamente a pedra: bastar-lhe-á pensar na pegada feita com o molde do seu pé para ouvir o clamor dos meus ossos que, chorando, gritariam: "Ah, que dor!" E também: "Quanta dor, mas também quanto prazer! Um prazer insuperável, muito maior do que o sentido em vida! Pise mais, pise mais!"

Havia pouco, eu lhe dissera:

— Não preciso de pedra porque vou usar outra coisa.

E então, ela perguntara:

— Que outra coisa?

Em resposta, eu lhe tinha respondido:

— A sola do seu pé. Vou entintá-la e reproduzi-la em vermelho nesta folha de papel branco.

Se a ideia a repugnasse, suas feições teriam se alterado. Mas não, ela apenas observara:

— Para quê?

E mesmo quando soube que eu pretendia mandar fazer uma pegada búdica, de acordo com a reprodução, e ter meus ossos enterrados debaixo disso, Satsuko não apresentara nenhuma objeção. Naquele instante, eu soube que Satsuko não só não se opunha à ideia, como também a considerara divertida. Por sorte meu quarto era provido de um anexo, uma saleta em estilo japonês de oito *tatami*. Para não manchá-los, pedi ao camareiro que me trouxesse dois lençóis grandes e, sobrepondo-os, forrei a saleta. Em seguida, transportei para lá o *sumi* vermelho e um pincel numa bandeja. Depois, trouxe o travesseiro que Satsuko largara sobre o sofá e o depositei num ponto que me pareceu conveniente.

— Pronto, Sa-tchan. O que vou lhe pedir não exigirá nenhum esforço seu. Venha para cá do jeito que está, e deite-se de costas sobre o lençol. Do resto, eu me encarrego.

— Do jeito que estou? Tem certeza de que não vai manchar as minhas roupas com essa tinta vermelha?

— Prometo não sujá-las nem um pouco. A tinta será passada apenas nas plantas dos seus pés.

Satsuko fez conforme lhe pedi: deitou-se de costas, juntou as pernas educadamente e arqueou um pouco os pés para trás de modo a me proporcionar uma boa visão das solas.

Terminada essa etapa dos preparativos, embebi, antes de mais nada, uma das bonecas em tinta vermelha. Com ela na mão, bati em outra boneca para obter um vermelho menos intenso. Posicionei em seguida os pés à distância de quase dez centímetros um do outro, e entintei cuidadosamente as plantas com a segunda boneca, de modo a destacar os traços de cada dobra cutânea.

A transição da área carnuda para o arco plantar foi especialmente difícil. A dificuldade ainda aumentou porque não consigo mover a meu gosto a mão esquerda. "Prometo não sujar suas roupas, a tinta será passada apenas na planta dos seus pés", eu lhe havia assegurado, mas acabei cometendo deslizes que lhe sujaram não só o peito do pé, como também a barra do seu néglige. Contudo, falhar, limpar o peito e a planta do pé com uma toalha e refazer o trabalho foi, para mim, um deleite indescritível. Eu me excitei. Refiz o trabalho inúmeras vezes, sem nunca me aborrecer.

Enfim, consegui entintar os dois pés a meu gosto. Ergui-os ligeiramente, primeiro o pé direito, e apliquei por baixo a folha de papel branca, sobre ela pressionando o pé à maneira de um carimbo. Perdi a conta das vezes que tentei, mas nunca conseguia a impressão ideal. Em vão gastei todas as vinte folhas de papel chinês. Liguei então para a papelaria Chikusuiken e pedi que me entregassem imediatamente mais quarenta folhas do mesmo papel. Desta vez, mudo o processo: antes de mais nada, lavo a sola dos pés para remover qualquer vestígio de tinta, e enxugo cuidadosamente até os vãos dos dedos. Peço a Satsuko que se erga e a sento em seguida numa cadeira. Deito-me então de costas sob os seus pés, e entinto as solas, mal suportando a postura difícil. Depois, mando-a pisar o papel com os dois pés, e assim consigo uma boa impressão das solas.

Eu pretendia ter o trabalho terminado até o retorno de Itsuko e Sasaki: quando chegassem, eu fingiria que nada acontecera, pois os lençóis sujos já estariam com o camareiro para serem lavados e as dezenas de folhas de papel com as plantas dos pés, impressas e provisoriamente confiadas ao proprietário da Chikusuiken. Contudo, não foi isso o que aconteceu: Itsuko e Sasaki voltaram antes das nove da noite, mais cedo que o previsto. Ouvi as batidas na porta, mas nem tive tempo de responder: a porta se escancarou e as duas mulheres entraram. No mesmo instante, Satsuko correu a se esconder no banheiro. Sobre o tatame, inúmeras manchas vermelhas e brancas se intercalavam. Atônitas, as duas mulheres recém-chegadas se entreolhavam em silêncio. Sasaki apenas mediu a minha pressão:

— Duzentos e trinta e dois, senhor! — disse ela com voz tensa.

Por volta das onze da manhã, soube que Satsuko havia partido para Tóquio bem cedo, sem avisar ninguém. Realmente, não a vi no restaurante na hora da refeição matinal, mas imaginei que ela havia, como sempre, dormido demais e perdido a hora. Por incrível que pareça, porém, àquela altura ela já se dirigia num carro alugado para o aeroporto de Itami. Mais ou menos às onze, Itsuko surgiu no meu quarto.

— Estamos com um problema — disse-me ela, pondo-me a par do acontecido.

— Quando foi que você soube disso?

— Neste instante. Vim lhe perguntar a programação para hoje e o recepcionista me disse, de repente: "A senhora Utsugi partiu sozinha para Itami esta manhã."

— Não diga asneiras, você já sabia, tenho certeza!
— Que absurdo! Como haveria eu de saber?!
— Não me venha com essa, sua bruxa! Está claro que é um complô!
— Não é complô coisa alguma! Eu soube dessa história ainda agora, na recepção. "Não comuniquei nada a ninguém até agora porque, na verdade, a senhora Utsugi me declarou há pouco que ia-se embora de avião antes do previsto sem avisar o sogro e me proibiu de falar disso a quem quer que fosse até a chegada dela no aeroporto de Itami", me disse o recepcionista. Levei o maior susto!
— Está mentindo, megera! Tenho certeza de que você fez de tudo para enfurecer Satsuko e obrigá-la a partir. Você e Kugako sempre foram peritas na arte de adular e dissimular, pena que eu tivesse me esquecido disso.
— Que injustiça! O senhor está me ofendendo!
— Enfermeira Sasaki!
— Pronto, senhor?
— "Pronto, senhor?", coisa alguma! Você também estava a par de tudo, não estava? Itsuko deve ter-lhe contado. Juntas montaram um complô para enganar este velho, tenho certeza. Vocês fazem pouco da pobre Satsuko!
— A enfermeira Sasaki não tem nada a ver com a história, coitada! Mas você nos daria licença por um instante, enfermeira? Vá para o saguão, por favor. Vou aproveitar esta oportunidade para contar umas coisinhas ao vovô. Já que o senhor me chamou de bruxa velha, vai ouvir também! — diz Itsuko.
— Não se esqueça de que a pressão arterial dele está alta, senhora, não exagere!... — implora Sasaki.
— Sei disso, sei disso! — retruca Itsuko.
E então, Itsuko começou:

— É totalmente falsa a acusação de que eu tramei para forçar Sa-tchan a partir. O que vou dizer a seguir não passa de suposição minha, mas acho que ela queria retornar mais cedo a Tóquio por outros motivos. Eu mesma não sei quais, mas o senhor, vovô, sabe, não é mesmo? — provocou ela.

— Sei que ela e Haruhisa são muito amigos — respondi-lhe — O fato, aliás, é do conhecimento de todos. Ela mesma fala dessa amizade abertamente, e Jokichi também sabe disso. A esta altura, posso até afirmar que não há quem não saiba. Contudo, não existe nenhuma prova de que essa relação seja impura, nem gente que acredite nisso.

— Será mesmo? — replicou ela com um sorriso irônico. — Não sei se devo ou não fazer este tipo de comentário, mas acho estranha a atitude de Jokichi. Mesmo que haja algo mais que simples amizade entre Satsuko e Haruhisa, a mim me parece que Jokichi é capaz de fingir que não percebe, compactuando com os dois, sabe? O próprio Jokichi deve ter outra mulher. E acho também que tanto Satsuko como Haruhisa sabem disso. Não só sabem, como existe um acordo tácito, ou melhor, um acordo explícito entre os três.

Quando Itsuko chegou a esse ponto, uma irrefreável onda de indignação e ódio contra essa mulher apossou-se de mim. Quase rugi de raiva, mas temi que a pressão arterial se elevasse ainda mais e me contive a custo. Senti uma grande tontura e por pouco não caí, muito embora me achasse sentado numa cadeira. Ao perceber meu transtorno, Itsuko empalideceu.

— Pare! Não diga mais nada e retire-se — ordenei, trêmulo, falando no tom mais calmo que me foi possível.

Por que razão me irritara tanto? Terá sido porque Itsuko me revelara bruscamente um segredo até agora insuspeitado? Ou terá sido porque esta bruxa velha me pusera de súbito frente a frente, não com um segredo, mas com um fato que havia muito era do meu conhecimento, e que eu apenas fingia desconhecer?

Itsuko já tinha saído do quarto. A atividade forçada de ontem começava a exercer seus efeitos e eu sentia dores intensas na área do pescoço, ombros e costas. Ademais, não tinha dormido direito a noite anterior, de modo que tornei a tomar três drágeas de Adalin e três de Atraxin, ordenei à enfermeira que me enchesse costas, ombros e quadril de emplastros Salonpas, e me deitei. Vendo que nem assim conseguia sestear, pensei em pedir uma injeção de Luminal, mas desisti: eu não podia dormir demais. Preferia tomar o trem da tarde e seguir no encalço de Satsuko. Pedi a ajuda de um amigo que trabalha no jornal *Mainichi*, e consegui a custo algumas passagens (nunca andei de avião). Sasaki se opôs violentamente a esta minha resolução. Pediu-me, quase em prantos, que desistisse de viajar com a pressão arterial tão alterada, que observasse repouso por três ou quatro dias, me certificasse de que a pressão normalizara e, só depois, viajasse, mas eu a ignorei. Itsuko veio se desculpar e declarou que me acompanharia até Tóquio, para compensar todo o transtorno que me causara. Digo-lhe que não quero nem ver-lhe a cara, e que viaje em outro vagão se pretende me acompanhar.

18 DE NOVEMBRO

Ontem, tomei o trem expresso Kodama II que partiu de Kyoto às 15h02. A enfermeira e eu viemos de primeira classe,

Itsuko, de segunda. Chego em Tóquio às nove da noite. Minha velha, Kugako, Jokichi e Satsuko me aguardavam na plataforma. Não sei se imaginaram que eu não podia ou não devia andar sozinho, mas o fato é que um carrinho de transporte me aguardava no terminal. Tenho certeza de que a intrometida da Itsuko ligou e ordenou tudo isso.

— Que besteira é essa? Não sou o deputado Hatoyama, não estou paralisado! — esbravejei, recusando-me a embarcar no carrinho e azucrinando-lhes a paciência. De repente, sinto uma palma macia contra a minha: Satsuko tinha-me tomado a mão.

— Vamos, vovô, é bom me obedecer.

Calo-me no mesmo instante e embarco docilmente. O carrinho começa a se mover em seguida. Descemos de elevador ao subsolo e depois percorremos um longo corredor. Todos eles vieram no meu encalço. O veículo se movia com razoável velocidade, tornando difícil aos pedestres me acompanhar. Minha velha acabou desgarrada, e Jokichi teve de retornar para buscá-la. Espantei-me com a amplidão do subsolo da estação de Tóquio e com a quantidade de ramificações dos corredores. Saímos ao lado da loja de departamentos Maruno-uchi e da entrada central, numa área especial reservada para embarque e desembarque de carros. Dois automóveis nos aguardavam. No primeiro, acomodei-me, ladeado por Satsuko e a enfermeira Sasaki. No segundo, embarcaram minha velha, Itsuko, Kugako e Jokichi.

— O senhor me perdoa, vovô, por ter vindo embora sem avisá-lo?

— Por que fez isso? Acaso tinha algum compromisso?

— Não... Falando com franqueza, cansei-me de lhe fazer companhia durante todo o dia de ontem. Não foi fácil aturá-lo enquanto remexia na sola dos meus pés de manhã à noite! Fiquei exausta e fugi. Me desculpe.

Algo em sua voz me soou forçado.

— Está cansado, vovô? Eu parti ao meio-dia e meia de Itami e cheguei às duas da tarde em Haneda. Viagens aéreas são rápidas, não são? — comentou.

Do relatório da enfermeira Sasaki

Meu paciente retornou de Kyoto na noite do dia 17. O cansaço, resultado da atividade contínua dos dias em que permaneceu naquela cidade, deve ter aflorado de vez e o obrigou a passar na cama a maior parte dos dois dias subsequentes, 18 e 19. Mesmo assim, ele aparecia vez ou outra no escritório para atualizar o diário. Às 10h55 do dia 20, contudo, ocorreu o episódio que descrevo a seguir.

Muito antes — ou seja, cerca das três horas da tarde do dia 17 —, a senhora Satsuko retornou à casa dos Utsugi em Mamiana. Assim que chegou, ligou para o senhor Jokichi e lhe explicou que viera embora sozinha porque a sanidade mental do velho senhor Utsugi havia se tornado decididamente duvidosa e, em consequência, não se sentira capaz de continuar nem mais um dia em sua companhia. Depois, sem o conhecimento da velha senhora, o jovem casal consultou o professor Inoue, médico psiquiatra e amigo, e lhe pediu conselhos sobre a melhor maneira de tratar o caso. Na opinião do professor Inoue, o paciente tinha o que se podia chamar de sexualidade exacerbada, condição que, no atual estágio, não podia ser classificada de psicótica. Considerando-se, porém, que este paciente necessitava de contínuo estímulo sexual no cotidiano e que a própria sexualidade se constituía em arrimo de vida para ele, o tratamento tinha de levar em consideração tais aspectos. Ao lidar com o paciente, a senhora Satsuko não devia esquecer-se disso, cuidando dele com gentileza, mas sem excitá-lo nem contrariá-lo. Esse seria o único tratamento possível. O jovem casal Utsugi esforçou-se então por seguir da melhor maneira possível o conselho do doutor Inoue quando o paciente retornou de Kyoto.

Terça-feira, 20 de novembro. Céu claro.

8h00   Temperatura 35,5°, pulso 78, frequência respiratória 15, pressão arterial 131/80. Nenhuma alteração notável no estado geral do paciente. Visível mau humor no modo de falar e agir.
Depois da refeição matinal, o paciente entra em seu gabinete. Ao que parece, pretende fazer anotações em seu diário.

10h55   Vindo do gabinete, o paciente surge no quarto em estado de excitação anormal. Tenta dizer alguma coisa, mas não consigo entendê-lo. Carrego-o para a cama e o faço deitar-se. Pulso 136, tenso, mas sem alternação ou intermitência. Frequência respiratória 23. Reclama de taquicardia. Pressão arterial 158/92. Acusa dor de cabeça por gestos. O rosto está contorcido de medo. Telefono para o Dr. Sugita, mas não obtenho nenhuma instrução específica. Este médico faz pouco das observações de uma enfermeira, não é de hoje que isso acontece.

11h15 Pulso 143, frequência respiratória 38, pressão arterial 176/100. Ligo de novo para o Dr. Sugita, mas continuo não obtendo instrução específica. Verifico umidade, iluminação e arejamento do ambiente. Dos familiares, apenas a velha senhora permanece no quarto. Sinto a necessidade de ter um balão de oxigênio à mão e telefono ao Hospital Tora-no-Mon para solicitá-lo, relatando o estado do paciente.

11h40 O Dr. Sugita vem para a visita domiciliar. Relato a evolução do quadro clínico. Depois de examinar o paciente, o Dr. Sugita retira ampolas da sua maleta e aplica ele mesmo uma injeção: vitamina K, Contomin e Neophylline, indicam os rótulos. Terminada a aplicação, o médico se retira, mas enquanto ainda se encontrava no vestíbulo o paciente deixa escapar um grito agudo e perde os sentidos. Espasmos violentos tomam conta do corpo, com cianose aparente nos lábios e pontas de dedos. Momentos depois, os espasmos se abrandam e surgem violentos movimentos descoordenados, com o paciente tentando livrar-se da restrição e erguer-se. Incontinência urinária e fecal. O ataque durou cerca de doze ou treze minutos, após o que sobrevém um sono profundo.

12h15 A velha senhora Utsugi, que velava o marido, queixa-se repentinamente de tontura, de modo que a carrego para outro quarto e a deito. Dez minutos depois, recupera-se. A senhora Itsuko encarrega-se de cuidar dela.

12h50 O paciente dorme tranquilo. Pulso 80, frequência respiratória 16. A senhora Satsuko entra no quarto.

13h15   O Dr. Sugita retira-se. Visitas para o paciente estão proibidas.
13h35   Temperatura 37°, pulso 98, respiração 18. Tosse ocasionalmente. Perspira abundantemente. Troco-lhe o pijama.
14h10   O paciente recebe a visita do Dr. Koizumi, um parente. Relato a evolução clínica da doença.
14h40   O paciente desperta. Está plenamente consciente, sem distúrbio de fala. Queixa-se de dores surdas na região do rosto, nuca e pescoço, como se tivesse sido espancado. A dor no membro superior esquerdo, existente antes do ataque, desapareceu. Por instrução do Dr. Koizumi, toma uma drágea de Saridon e duas de Adalin. Reconhece a senhora Satsuko, mas permanece tranquilo, de olhos fechados. Às 14h55, elimina espontaneamente 110 ml de urina livre de turbidez. Às 20h45, queixa-se de forte secura na boca. Toma 150 ml de leite e 250 ml de sopa de vegetais, administrados pela senhora Satsuko.
23h05   O paciente está entorpecido. Embora já tenha recobrado por completo a consciência e sobrepujado o momento crítico, resta ainda o perigo de um novo ataque, de modo que se julgou mais prudente solicitar a visita do Dr. Kajiura, da Universidade de Tóquio. Já é tarde, mas o senhor Jokichi sai em busca do médico e volta com ele. Terminados os exames, o médico conclui que o paciente não teve derrame cerebral, mas sim espasmo vascular-cerebral, não havendo, portanto, cuidados imediatos a considerar. Receitou em seguida 20 ml de glicose intravenosa a 20%, assim como 100 mg de vitamina B1 e 500 mg de vitamina

C injetáveis, duas vezes ao dia, pela manhã e à noite, duas drágeas de Adalin e um quarto de uma drágea de Solven meia hora antes de dormir. Deixou também detalhadamente recomendado que o paciente deve repousar durante duas semanas, e que será melhor manter a proibição às visitas e suspender os banhos de imersão por algum tempo, só os retomando nos dias em que seu estado geral esteja excepcionalmente bom. E quando se sentir forte o suficiente para sair da cama, andar a princípio apenas dentro do quarto. Aos poucos, e dependendo de sua disposição física, escolher dias agradáveis para passear no jardim. Está terminantemente proibido de sair. Se possível, mantê-lo em baixa atividade mental, evitando-lhe pensamentos fixos ou obsessivos de qualquer natureza. Em hipótese alguma poderá fazer anotações no diário.

Do prontuário médico do Dr. Katsumi

15 de dezembro. Céu claro, passando a densamente enevoado e voltando a claro.

Queixa principal: Crises violentas de dor no peito.

Histórico: Pressão arterial alta nos últimos trinta anos (sistólica: 150/200 / diastólica: 70/95), sistólica por vezes alcançando 240. Há seis anos, sofreu um acidente cerebrovascular que resultou em leve dificuldade de locomoção como sequela. Neuralgia no membro superior esquerdo nos últimos anos, concentrada na área da mão até o pulso, e que se exacerba com o frio. Na juventude, doença venérea e bebida (dois litros), mas nos últimos tempos, uma ou duas taças de saquê esporadicamente. Largou o fumo em 1936.

Estado físico atual: O ECG vem apresentando há quase um ano infradesnivelamento de ST e achatamento da onda T, indicativos de lesão miocárdica, mas o paciente nunca se queixou especificamente do coração até dias recentes. Em 20 de novembro, sofreu crise caracterizada por violenta dor de cabeça, convulsões e perda momentânea de consciência, diagnosticada como isquemia cerebral transitória pelo

Prof. Kajiura, cujas recomendações, seguidas pelo paciente, contribuíram para uma evolução satisfatória do quadro clínico. No dia 30 do mesmo mês, o paciente discutiu com a filha, com quem não se entende, momento em que sentiu leve dor opressiva no lado esquerdo do tórax, com duração de pouco mais de dez minutos. Desde então, as crises vêm se repetindo com frequência. O ECG da época não apresenta alterações dignas de nota comparado ao de um ano atrás. Na noite de 2 de dezembro, um esforço maior durante a evacuação provocou dor precordial violenta e opressiva, que durou mais de cinquenta minutos. Atendido em casa por um médico das proximidades, fez ECG no dia seguinte, que evidenciou sinais de infarto anterosseptal do miocárdio. Na noite do dia 5 deste mês, teve uma crise com dores de intensidade semelhante e duração de mais de dez minutos e, desde então, vem sofrendo outras de menor intensidade todos os dias. Tem predisposição para a constipação e as crises tendem a se manifestar depois da evacuação. Medicação para as crises incluíram drogas diversas, inalação de oxigênio, sedativos, Papaverina (IM), etc. Admitido em 15 de novembro no apartamento A do Departamento de Medicina Interna (Hospital da Faculdade de Medicina da Universidade de Tóquio). Examino superficialmente após relato da evolução clínica da doença feita pelo médico particular, Dr. S, e pela nora. O paciente está levemente acima do peso, sem sinais de anemia ou icterícia. Leve edema nas pernas. Pressão arterial 150/75, pulso 90, rápido e regular. Não há intumescimento de veias na região do pescoço. A ausculta torácica acusa leve estertor úmido em ambos os lobos inferiores dos pulmões. Coração não aumentado. Sopro sistólico leve no foco aórtico. Fígado e baço não palpáveis. O paciente relata leve distúrbio de movimento no hemicorpo direito, mas não apresenta declínio geral de força nem reflexos anormais. Reflexos patelares simetricamente diminuídos.

Nenhuma anomalia na esfera neurológica. Fala preservada, de acordo com os familiares, mas o paciente relata leve dificuldade depois do acidente cerebrovascular. O Dr. S., médico particular, adverte que o paciente é mais sensível a drogas que a maioria das pessoas: dose normal tem efeito exagerado, um terço ou metade já é eficaz. A nora me pede que não lhe sejam aplicadas injeções intravenosas porque o paciente teve convulsões depois de uma delas.

16 de dezembro. Céu claro, passando a nublado momentaneamente.

Sentindo-se talvez seguro pelo fato de estar internado, o paciente não teve nenhuma crise durante a noite e diz ter dormido bem. Relata ter sentido, várias vezes, leve sensação agônica na parte superior do peito com duração de alguns segundos durante a madrugada, mas talvez tenham sido neuralgias. Recomendo o uso de laxantes suaves para atenuar a constipação. O paciente também se dera conta disso e já estava usando Istizin, da Bayer, importada especialmente da Alemanha. Conhece diversas drogas porque vem sofrendo longos anos de pressão alta e neuralgia, é capaz de dar aula a muito médico recém-formado. Diversos remédios rodeiam sua cama: não há necessidade de prescrevê-los especialmente, de modo que apenas recomendo o uso continuado de alguns. Recomendo também que, em caso de crise, use as drágeas de nitroglicerina sublinguais que trouxe consigo. Mando deixar oxigênio e seringas de prontidão em sua cabeceira. Pressão arterial 142/78, ECG quase idêntico ao do dia 3: alteração de ST-ET, e indícios de infarto anterosseptal do miocárdio. Sinais de aumento cardíaco quase inexistentes. Aterosclerose evidente. Níveis de hemossedimentação, leucócitos e transaminase normais. O paciente sofre há algum tempo de prostatomegalia, relata micção difícil e, às vezes, urina turva. Hoje, a urina está clara, com poucos traços de açúcar e sem sinais de proteína.

18 de dezembro. Céu claro, passando a nublado.
Nenhuma crise grave desde a internação. Principais sintomas: sensação de aperto na área superior esquerda do tórax, raramente ultrapassando alguns segundos. O frio é fator desencadeante de dores nevrálgicas e ataques cardíacos, de modo que o paciente, considerando inadequado o aquecimento provido pelo hospital, atulhou seu quarto com aquecedores elétricos e a gás.

20 de dezembro. Céu levemente nublado, passando a claro.
Cerca das 20h de ontem, dores violentas partindo do plexo celíaco e atingindo a área posterior do esterno, com duração aproximada de trinta minutos. Nitroglicerina, um sedativo prescrito pelo médico particular e um vasodilatador (IM) logo proporcionam alívio. ECG sem alteração notável comparado ao anterior. Pressão arterial 156/78.

23 de dezembro. Céu claro, com nuvens passageiras. Crises leves todos os dias. Traços de açúcar na urina. Recomendo refeição matinal rica em arroz e complementos, e solicito verificação posterior dos valores de açúcar em exame de urina para detecção de diabetes.

26 de dezembro. Domingo. Céu claro, passando momentaneamente a nublado.

Em torno das 18h, dores violentas no lado esquerdo do tórax com duração de mais de dez minutos. Minha presença é solicitada no hospital por telefone. Delego medidas emergenciais ao médico de plantão e me dirijo ao hospital, chegando aproximadamente às 19h. Pressão arterial 185/97, pulso 92, regular. Sedativo (IM) logo surte efeito e o paciente se acalma. Ataques são frequentes no domingo, talvez porque a ausência do médico nesse dia provoque ansiedade. Pressão arterial tende a se elevar em momentos de crise.

29 de dezembro. Dia claro, passando a densamente enevoado e voltando a claro.

Nenhum ataque nos últimos dias. O vetocardiograma também acusa sinais de infarto anterosseptal do miocárdio. Teste sérico de Wassermann negativo. Decido prescrever R., um novo vasodilatador importado dos Estados Unidos, a partir de amanhã.

1º de janeiro de 1961. Dia claro, passando a nublado e, posteriormente, a chuvoso.
Paciente em boas condições clínicas, talvez em decorrência do uso do novo medicamento. Relata urina turva. Exame microscópico revela presença de inúmeros leucócitos.

8 de janeiro. Dia claro, passando a densamente enevoado, clareando posteriormente.
O professor K., médico urologista, examina o paciente. Diagnostica prostatomegalia e infecção bacteriana decorrente de retenção urinária, e recomenda massagem prostática e uso de antibióticos. Indícios de melhora no traçado do ECG. Pressão arterial 143/65.

11 de janeiro. Céu claro, alternando com nublado.
Há dois ou três dias, o paciente vinha suportando dores na região lombar, as quais, aos poucos, vinham se intensificando. Esta tarde, sentiu dores oprimentes nos dois lados do peito com duração de pouco mais de dez minutos. Este foi o mais grave ataque destes últimos dias. Pressão arterial 176/91, pulso 87. Comprimido de nitroglicerina, vasodilatador e sedativo (IM) logo acalmaram a crise. Nenhum indício de alteração visível em ECG.

15 de janeiro. Céu claro.
O exame radiológico de ontem revelou espondiloartrose lombar. Uma prancha de ferro foi posicionada na altura da região lombar para evitar o afundamento do colchão nessa área.

[Texto suprimido.]

3 de fevereiro. Céu claro, tempo excelente.
Melhora eletrocardiográfica visível, e ataques, mesmo os de menor intensidade, tornaram-se raros. Alta provável nos próximos dias.

7 de fevereiro. Céu claro alternando com nublado.
Paciente recebe alta e vai para casa em excelente ânimo. Hoje, o dia está morno e agradável para fevereiro. A saída é programada para o período mais quente do dia, e em carro provido de aquecimento, a fim de evitar o frio, prejudicial para o seu estado de saúde. Consta-me que, na casa do paciente, seus familiares instalaram um potente aquecedor no gabinete.

Do diário de Itsuko Shiroyama

Depois do espasmo vascular-cerebral do dia 20 de novembro do ano passado, meu pai sofreu repetidas crises anginais e um infarto do miocárdio, tendo sido internado no dia 15 de dezembro no Hospital da Universidade de Tóquio. Graças aos cuidados do doutor Katsumi, conseguiu superar o momento crítico e, após cinquenta dias de vida hospitalar, recebeu alta no dia 7 de fevereiro deste ano, retornando para Mamiana. Contudo, as crises anginais, embora leves, continuaram, obrigando-o a recorrer periodicamente aos comprimidos de nitroglicerina e mantendo-o preso ao quarto o restante dos dias de fevereiro e todo o mês de março. A enfermeira Sasaki, que durante o tempo em que meu pai esteve internado permaneceu em casa cuidando da minha mãe, tornou a assumir seu posto à cabeceira do meu pai depois da alta, cuidando das refeições e auxiliando-o a fazer suas necessidades com a ajuda ocasional de Oshizu.

Eu mesma tenho passado metade dos meses em Mamiana: assumi o posto da enfermeira Sasaki e venho cuidando da minha mãe, já que, nos últimos tempos, nada me prende especialmente à minha casa de Kyoto. Tenho me esforçado para não cruzar o caminho do meu pai, pois seu humor se deteriora toda vez que me vê. Nesse sentido, Kugako e eu estamos na mesma situação.

A situação de Satsuko também é delicada. Seguindo as instruções do professor Inoue, ela vem tratando o meu pai com especial gentileza, mas quando se excede na gentileza ou no tempo de permanência à cabeceira da cama, meu pai se emociona e se excita. Não foram poucas as vezes em que ele teve uma crise logo após a saída de Satsuko. Não obstante, se não a vê surgir em seu quarto diversas vezes ao dia, meu pai se perturba e o quadro clínico se agrava.

Do ponto de vista psicológico, a situação do meu pai também é delicada. As crises de angina são extremamente dolorosas e, muito embora meu pai afirme não ter medo da morte, apavora-o a perspectiva de padecer fisicamente antes de morrer. Em consequência, percebe-se que ele tenta evitar que Satsuko o trate com excessivo carinho, mas nem por isso consegue ficar sem vê-la.

Nunca fui à ala ocupada por Jokichi e Satsuko, mas a crer no que diz a enfermeira Sasaki, Satsuko e o marido já não dormem no mesmo quarto nos últimos tempos: ao que parece, ela se mudou para o quarto de hóspedes. A enfermeira diz também que, vez ou outra, Haruhisa se introduz secretamente no andar superior.

Certo dia em que eu havia retornado à minha casa em Kyoto, recebi um inesperado telefonema do meu pai. Ele me pedia que retirasse os papéis com as impressões das solas dos pés de Satsuko, ainda sob a guarda do proprietário da loja Chikusuiken, e os entregasse ao canteiro que havíamos contactado em Kyoto, pedindo-lhe que esculpisse uma pegada búdica com base nas referidas impressões. De acordo com antigos registros históricos, disse-me meu pai, as pegadas de Buda Shakyamuni encontram-se preservadas em terras antigamente conhecidas como Magadha (ao sul da atual cidade de Bihar, na Índia), e medem 54,54 centímetros de comprimento por 18,18 cm de largura. Ambos apresentam a marca da roda dos mil raios. Não havia necessidade de registrar as marcas, mas meu pai queria que as pegadas de Satsuko fossem aumentadas até os 54,54 centímetros das pegadas búdicas, conservando porém as proporções originais, terminando por me pedir que não deixasse de dar essas instruções pessoalmente ao canteiro. Era óbvio que não havia como pedir tamanho disparate ao canteiro, de modo que apenas fingi ouvi-lo com atenção, desligando em seguida. Mais tarde, retornei a ligação dizendo:

— O canteiro viajou para a região de Kyushu e dará a resposta dentro de alguns dias.

Passados alguns dias, meu pai tornou a ligar para me dizer que, nesse caso, lhe mandasse todos os papéis com as impressões para Tóquio. Fiz conforme me pedia.

Dias depois, a enfermeira Sasaki me ligou acusando o recebimento dos papéis. Meu pai, contou-me a enfermeira, havia escolhido cerca de quatro a cinco amostras que considerou as melhores do total de uma dezena, e passava os dias em fervorosa e incansável contemplação de cada uma delas. A enfermeira temia que ele se excitasse de novo, mas sentia-se incapaz de proibir-lhe até isso. Ademais, era melhor que ele se satisfizesse desse modo do que tocando em Satsuko, completou.

Em meados do mês de abril, meu pai começou a caminhar outra vez no jardim por vinte a trinta minutos em dias de tempo firme. Quase sempre a enfermeira o acompanha, mas, ocasionalmente, Satsuko o leva pela mão.

A construção da piscina, prometida havia muito, já tinha começado nessa época, e a grama do jardim andava revolvida.

— Para que construir a piscina a esta altura? Quando o verão chegar, o vovô nem conseguirá mais sair de casa durante o dia, no auge do calor. Mande suspender a obra, é dinheiro perdido — disse Satsuko.

A isso, Jokichi respondeu:

— Fantasias de todo o tipo devem povoar a mente do meu pai, só de ver a obra começando conforme programou. Além disso, as crianças também sonham com essa piscina...

ESTE LIVRO FOI COMPOSTO EM GATINEAU CORPO 10,8 POR 15 E
IMPRESSO SOBRE PAPEL OFF-SET 90 g/m² NAS OFICINAS DA ASSAHI
GRÁFICA, SÃO BERNARDO DO CAMPO — SP, EM FEVEREIRO DE 2021